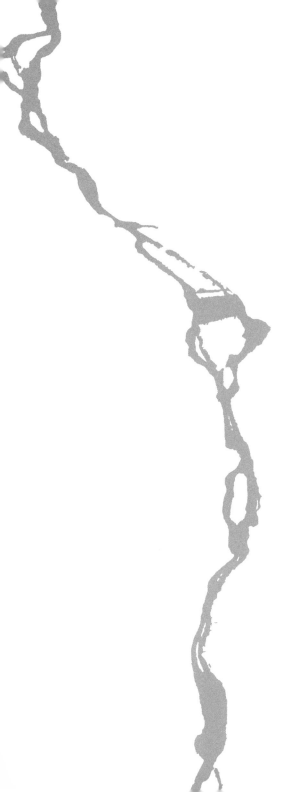

倾听江河

Listen to the river

ZHAO KANGQI

赵康琪 著

上海三联书店

目录

第二辑　岁月深处

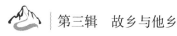 第三辑　故乡与他乡

附　录

序
诗美撼人心魄
——读赵康琪诗集《倾听江河》
黄东成

　　新诗百年，中国诗坛热闹非凡，不仅新涌现出数十万网络诗人，光中国作协会员诗人破千，全国诗刊达数十家，发表长诗、组诗、短诗、散文诗计数千万首，出版诗集达数百万部，更有九届鲁奖评选出数十位获奖诗人，至于全国各大、中、小城市包括城镇乡村召开的各类诗歌活动、颁奖集会更数不胜数，无可计数，真可谓收获丰盛，硕果累累，成绩巨大，可喜可贺。但，唯独遗漏了最不该遗漏的广大读者——最最广大的人民大众。七十年代末八十年代初诗歌鼎盛辉煌的图景不再，那时人民大众真正把诗歌当作民情、民意、民心、民声不二知音，诗人和人民心灵相通，情同一体，感同身受，体悟深刻，精品迭出，每一篇精品问世，即刻流布民间广为传诵。此情此景，只能留作记忆了。而今人民大众已无奈远离诗歌，因为，社会转型期西诗流入诗风陡变，诗坛乱了，非诗鱼目混珠，人民大众找不着诗了，诗被陌生化、小众化、圈子化了。分行文字里闻不见诗的气息，嚼不出诗的味道，或佶屈聱牙看不懂，或满嘴白沫喷口水，再也不见精品踪影。人民厌烦了，是诗远离民心，方逼使人民远离了诗歌。

所幸现时阴转多云，情况有好转，中国作家协会不再漠视诗坛乱象，公开宣布2024年《诗刊》改版，着意赓续中华千年诗脉的文化自觉和历史主动，回答时代之问、人民之呼，正本清源，再塑诗风，做到诗歌现代性与中国式现代化的深度融合。方向既定，诗人们积极响应，广大读者可翘首以待。

读赵康琪诗集《倾听江河》，我首先读到的是他的大爱之心。这部诗集大部分都是写人物写亲情，怀古人，颂今人，讴歌英雄先烈，吟咏普通大众，如《走近张若虚》《一个英雄与一座亭》《对牛唱歌的南乡犁田手》《茅山之子》等，无不满怀着尊崇和感恩之情，不少诗篇可圈可点。他谨遵中华诗脉传统，扎根泥土，立足现代，融汇古今，放眼中外，汲取精华，着意创新，要努力写出大众喜爱的中国诗。他的诗很

现代却不晦涩，重抒情但不矫情，追求实感并不乏畅
想，他的诗为大众写，他更是胸怀人民大众。

就像他的微信名：泥土
生长万物，也生长他的诗
他的脚印，如庄稼的根系
亲吻二十四节气，浅浅深深
都在耕耘中，踩响诗韵
——《泥土与诗》

你躬身亲近大地，只为拔净
连绵起伏、日夜缠绕万千农家的穷困
除了怀揣农学经典，你还有梦想
像金色的波浪，馥郁的果香
翻卷、奔涌，或者飘溢、扩散
无限地覆盖这广袤的贫瘠
——《茅山之子》

一场南宋的大雪，一半
融于他的砚池，另一半是他
被半壁江山切碎的忧思

于这年这月这日，纷纷扬扬

——《踏雪焦山》

　　诗为大众这一点很重要。现在报刊上有很多诗写得云里雾里，人民大众读不懂，或存心不让人民大众读懂，诗属人民纯粹空话。前提必须是，诗人首先对人民大众怀有爱心，这种爱，出自心底，绝非嘴上呱呱。

　　追求创新，这是每个诗人都向往的命题，但是创新的路岖崎坎坷，不是光有个动机就能做到，如何创新，从哪方面创新，各有各的想法，于是有人专在遣词造句上下功夫，以为只要语言另类，词句异于常规，就是创新。还拿马致远的《天净沙·秋思》说事，"枯藤老树昏鸦，小桥流水人家，古道西风瘦马"，整篇意象组合，没一闲字过渡，异同凡响。可真正想学到马致远的精髓何易？大都画虎不成反类犬。有人在题材上大胆、投机，专找低俗不堪、别人不齿涉及的写，比如下半身、性；有人专注于词句断裂、十三不靠，神仙也读不懂，谓越读不懂思想越深刻……，这些所谓的探索、创新皆是歧路，越走离人民大众越远。赵康琪的创新追求：多思考、辟新径，他的一首《一个赵宋后裔的感怀》，让我读后眼前一亮，我惊讶于作者的立意定位，十分意外，又十分震惊，完全没有想到，诗人竟会用家族的视角切入，国事用家事来抒写，新意迭出，使读者联想多多。

岳飞在临安落下的冤泪
早已风干。我与那个王朝的
一丝血缘，经雨雪千年稀释
也平庸得波澜不惊
而你笔下，金兵的铁骑速度太快
未待我遥望故国，膻风即掠过中原
家谱上的老祖宗，从庙堂
沦入江湖，只在瞬间
……

阳谋阴谋忠奸善恶，犬牙交错
立刻触痛我的筋骨
多年未有的疼痛，却发生
在今年，在这梅雨江南
——《一个赵宋后裔的感怀》

他告诉我，好友、作家夏坚勇邀他为新写的一部长篇历史散文《绍兴十二年》写点文字。读了书方知是写南宋王朝赵家的故事，一时起兴，头脑里热流涌动，国事家事，作为赵家一员，很快写出了这首诗，就此以诗代替评论寄给夏坚勇，夏坚勇回复："这首诗举重若轻，历史、现实、家族渊源、政治和道德评判熔于一炉，结尾两句尤其精彩，很有韵味。"赵康琪说："我知道自己深浅，夏坚勇是不嫌弃我的浅陋，说的一番鼓励话。"

我深知赵康琪为人，他是个十分谦逊、低调的人，踏踏实实生活，有感就写一点，写得很多，自信很少，总爱听听诗友们的评议，不像当前有些年轻诗人，刚写了几首诗，便膨胀起来，洋洋自得，傲视一切。赵康琪从事诗歌创作半个多世纪，在诗人圈里从来谨言慎行，是地方文联一把手也绝不充老大，凡事亲力亲为，普通得比一般工作人员还普通，丝毫不像一个官员。

"俯首甘为孺子牛"，诗人肩上只有担子：责任和使命。冀望所有诗人包括年轻一代，生活中都能保持谦逊，低调，敬畏生活，感恩社会，具有大爱之心，写出人民大众喜爱的诗歌。

（作者系著名诗人，《扬子江诗刊》创刊主编、顾问）

第一辑

江河变奏

走近张若虚

当江畔的人们，悉心
将丝丝缕缕的春风揉洗得
毫无纤尘，那轮江月被
擦拭出芬芳气息，即成了
他驾驭的白色船帆

载动幽美、空灵、邈远的诗境
和古典却不朽的哲思
载动孤篇对孤月的深情映照
从澄明天宇向我疾行

轻轻走过他以皎皎情思铺陈的
岸滩、芳甸、花林、汀渚
脚下的白沙，这些年一粒粒更接近
银子的光泽，越来越晶莹地
折射他在那个春夜徘徊

观月的追寻、思念、遐想、咏叹

"人生代代无穷已……"
他在唐朝即预言我会来访
流霜千年，融化了我一个疑团
孤篇，原来不孤
络绎不绝的心之帆
热吻他的春江花月夜

致王湾

海日生残夜，
江春入旧年。
　　——王湾《次北固山下》

满载青山葳蕤的意象
和绿水暖人的动感
将古京口泊出初唐的气象

孤独的羁旅，终于有一处风景
得以短暂依偎，并从容
放飞一只寄托乡愁的归雁

少女般的江春，自从认识你
总是喜欢踏着你明亮的诗韵
隐形在旧年的年根深处

当她急着用俏艳和芬芳妆扮两岸的
辽阔。我从黎明的潮涌里
掬出一片湿漉漉的残夜

借几缕晨曦一看，原来是
你笔端饱蘸的墨色，流连在
北固山下，千年未枯

邀李白重游大运河

从润州的云阳北上，穿过
两岸柳荫、街市、溪村
被炎夏炙烤的江南，哪一处
官渡旁的亭驿，你在题壁？
或是在逆水的舟中哀叹：
"吴牛喘月时，拖船一何苦。
水浊不可饮，壶浆半成土……"

《丁都护歌》与纤夫号子交织
声韵愈加悲切、沉重，压低
一路风浪和水鸟的翅影
偏爱酒樽月影狂歌的你
此时，以大运河深处的疼痛
刻画"心摧泪如雨"的自己
另一种风格的李白，同样经典

我，以纤夫子孙的名义

从已是花径绿堤的纤道

走近镜面般的河床，向你发出

重游的邀请，看见你的泪

还流在唐朝的容颜上，像满河

波光粼粼，载动千秋不涸的情思

春风记

春风又绿江南岸，
明月何时照我还？
——王安石《泊船瓜洲》

二月的汀渚还有丝丝寒意
北行的王安石，隔苍茫大江眺望
恰好是我的古京口，云水
迢迢，取江南岸春风几缕
在手掌摩挲，反反复复

摩挲成一个经典的"绿"字
他花了一盅茶的时间，还是
明月临舱、秉烛推敲的通宵？

在他笔锋上淘汰的那些动词
与"绿"字竞争的"到""入""满"……

从时光深处，一一被人们打捞
蘸着一江碧水，从洲岛、湿地
和江豚保护区，以不同视角
将春风修饰得浩浩荡荡

最精彩的是那个"过"字
早已被手掌般的五峰山攥紧
当高速列车驶向桥头，它一松手
春风"过"江哦，精准到28秒

草色、水韵、柳烟、鹭鸣、幽香
纯粹的阳光、月色、空气……
江南，在距离王安石千年之时
春风包含的所有生态元素
第一次以最快速度，万里驰骋

诵读龚自珍的孩子们 *1*

倾听江河

还是过镇江，浪尖与浪尖
挽紧长江和大运河，也挽紧你的
古愁莽莽和力透纸背的磅礴

独自承载的万马齐喑
从时间的对岸，穿过
课堂窗外一排挺拔的翠绿水杉
叩响一颗颗童心

向你乞撰青词的道士
早已失踪。你枯萎于混浊乱世的身影
在童声里渐渐清澈、鲜活
他们，第一次将你笔端
呼唤风雷的那道闪电

---

1 清·龚自珍写于镇江的《己亥杂诗（九州生气恃风雷）》七言绝句入选教育部义务教育语文教科书五年级上册。

与课本里的诗行，捧在手上

渴望，把你久久堆积于
清癯面容的忧愤，琅琅地洗净

速写邵大箴先生 [1]

倾听江河

蘸满乡情的画笔，诉说
"江南江北，我家在江北"
对岸巍然的圌山随着
光影变幻色彩。少年的
那份美感朦朦胧胧
在生活的贫瘠中萌芽
即被大江大山滋养

从涅瓦河畔开始
将世界美术经典之美，日夜
摩挲为艺术长河，那些珠贝
在他的手掌间璀璨
站在流速中的人生，深邃且透亮

1　邵大箴（1934—2024），出生于江苏镇江，1960 年 7 月从苏联
列宾美术学院学成归国。中国著名美术理论家、艺术教育家、艺
术家，中央美术学院教授。

自成一条带光的航路
任穿越或溯源的学子
——踏过

唯有故乡，水墨般的长卷
由他自己珍藏于生命之中
那年，他顶着一头秋霜
将其剪裁成：烟山远霁
生机遍野、江流空濛……
他的灼灼情思，从一幅幅
画上抱紧久别的乡亲

从遥远处传来的画外音
可是父亲母亲
呼唤他的乳名？一声声
从浪尖上，将疼痛、怀想和爱
写满他的乡愁

心之舟，穿越苍茫
——给德国诗人贝尔格 [1]

京杭大运河历史的深邃
像天上银河的灿烂。三十多年前
你以一个晶莹剔透的譬喻
为易北河、莱茵河、多瑙河畔的
眼睛，打开一部奔流千年的东方传奇

在西津渡眺望隔岸瓜洲两三星火
不仅有唐朝的张祜，还有
挥别的秋夜，你沉浸波光的蓝眼睛
在信息时代，却丢失了你的信息
唯有那本《天上银河，地上运河》的
诗意，在风雨和浪潮里闪烁

---

1 德国诗人费里德曼·贝尔格著有长篇游记《天上银河，地上运河》(德文版)，1988 年由外文出版社出版。

昨夜，有一个奇异的梦
我们以合力拉纤的姿势
在大运河和长江交汇的波涛之上
重逢，流水与时光
滔滔不绝地编织有力的纤绳

躬身，双脚贴紧新拓的
一泻千里的境界。双手发力
拽到床前却是点点星光
心之舟，已穿越苍茫

来自小美人鱼身边
——致丹麦汉学家易德波女士 [1]

倾听江河

小美人鱼，在哥本哈根海滨
一定羡慕你已 25 次飞向东方
（她仅到过一次中国，在上海世博会）
你当初的容颜，如玛格丽特花
绽放的娇艳，与琼花馥郁的
古城，有几分神似

从童话的五彩斑斓中，万里
跨入方言说表的生动境界
一双蓝眼睛，被书场的
那块惊堂木，蓦地敲亮惊喜的光

从此，北欧漫长的冬夜

---

1 易德波著有《扬州评话探讨》《武松打虎——中国小说、戏曲和
说书中的口头和书面传统的相互影响》等。

你在灯下伏案，敲窗的风雪
常被你疑作绘声绘影的
扬州评话，遥迢而至

记得你骑自行车贴着大运河
奔向京口的身影，像帆
如今，额头刻满江河的波纹

不过，那只在景阳冈被打死的
老虎，已在你的著作和富有
中国情韵的口语中复活。连它
与古老英雄武松的对手戏
每一个精彩的动作、表情
都与你心有灵犀

鱼化龙

唐代刻有龙首鱼身"鱼化龙"图案的鎏金银盆系无名氏所作,今画家王川取其意作大型壁画,为世业洲一景观。

在大江奔涌的背景中
龙首昂起。一只喙衔曙色的
红嘴鸥飞过,正好为它点睛
鱼身,在我的感觉中轻盈一跃
溅起唐朝的粼粼水声

那是诞生李白的诗、吴道子的画
张旭的狂草和公孙大娘绝妙
舞姿的时代。他当然无愧
尽管是位无名氏,代表他的
鱼化龙,穿过乱世的刀戟
和沧桑的湮没,至今灿烂

他的那只鎏金银盆

放大成江心绿洲的圆润

连盆体的精美纹饰，都化为

环绕鱼化龙的一江波纹

阳光云影和月色船灯

将千年前的寄托，变幻成

金的飞天梦、银的静夜思

借着鱼化龙的腾跃姿势

我发现，从这只鎏金银盆

千年无水的境界里

觅到一种大美的泉源

又见黑白版画《渔光曲》

当初，你年轻的身影贴近
春潮上的片片白帆，写生画夹
夹满一江渔汛，从刻刀上
找到劈风斩浪的感觉
渔歌千里，在刀痕里悠扬

线条的视觉语言，简洁得
只有黑白两种颜色，足以
概括大江的丰饶、慷慨
和日日夜夜澎湃的生命力

你抒情的刀痕，曾重返
滔滔江流寻觅当年的渔汛
未料，线条上挂满的
却是大江深沉的喘气声

被渔网、钓钩经年累月恣意
包围，失眠的大江在深处
疼痛，以至受伤、失血
母亲河呵，终于进入疗伤期

这幅《渔光曲》的优美旋律
将我的记忆回旋为期盼
只不过，渔舟重新云集出港
逐浪追鱼的那个欢腾黎明
到来，我在画中已十年一梦

盛开于画框的油菜花

——扬中陈履生美术馆所见

一江碧波环绕大片大片的
金黄色彩，江洲一年中
最灿烂的表情，被你浓缩于画框

春风吹过，那摇曳起伏的
是乡亲们用汗水揉亮的万点碎金
一起聚集你的笔端，晕染
你对故乡最美的情思

一定是你刻意将展厅连接阡陌
便于从田野向纸上，移植
迎着江心风雨成长的
一株又一株。只不过将自己
生命的根，仍留在泥土中

江洲的油菜花，你的油菜花
任暮春落英缤纷，从画框中
将一个个观者的目光
绽放你炽热的寄寓

自幼亲吻过这熟稔的菜花
却令我奇异，从中触摸到
红梅的气质、山茶的艳丽
和迎春花的生机勃发

蒹葭

——赠崇明籍画家丁观加先生

"蒹葭苍苍，白露为霜"
生长于古老《诗经》中的植物
今天，被谁默默移栽？

一支画笔，插入乡愁深处
繁茂故乡岛上的无边蒹葭
四季乃至晨昏色调的
变幻，大片的苍茫或明丽
那云水之间翅影的浓浓淡淡
视觉饱饮墨彩，醉了又醒

长江口，彩色的风吹拂
南太平洋上的一颗诗心，失眠
三千年前的蒹葭，如在昨夜
一万里外的蒹葭，就在窗前

它野朴，是没有装饰的乡情

它邃密，是沧桑历经的标志

它摇曳呵，是母亲招手唤儿的姿势

蒹葭，从《诗经》中繁衍至今的

经典形象，在崇明岛的一个晚秋

让鬓发落满芦絮的游子

与江海日夜浸润的故土

有了根植般的深情拥抱

东京：一位中国画家为母亲河歌唱

倾听江河

"色彩谱写最美的歌声"——
中国诗人艾青，四十年前
如此赞美日本画家东山魁夷
幻觉和梦境般的作品
今天，一位中国画家笔下的长江
流过东山魁夷的故乡

笔端的线条作为纤绳
躬身贴紧长江奔流不息的姿势
拉近踏浪而行的人生
和闪烁满江波光的渔歌
拉响惊涛刻在临江崖壁的深深印痕
将滩草与蒹葭的色调，拉成
四季变幻的韵律，在异域回响

即便是几朵雪花飘过浪尖

一片朝霞穿透残夜，点点鸥影
融入水天月色，或者江豚
从波涛间倏然腾跃，尾鳍
划出弧线的流丽，都成为他
以画笔歌唱大江的音符

如果拉回东山魁夷先生
早已远去的身影，他或许发现
在墨彩之外，将象征
一个古老民族命运的母亲河
注入生命河床的中国画家
血脉里日夜唱响彩色长江

春江变奏曲（三首）

跨越圌山关

世界首座高速铁路（公路、铁路两用）悬索桥——五
峰山长江大桥，位于鸦片战争古战场圌山关。

"圌山关，九节十八湾，
个个湾里有机关。
上有铜炮三十六，
下有铁炮六十三……"
一首被鸦片战争炮火烤红的歌谣
从喑哑得像长满时间的锈斑
变奏为桥梁工地日夜的轰鸣

桥塔，从江底石英砂岩的深处上升，
似巨笔指向辽阔江天
转战过无数江河的造桥人

蘸着霞云、星光、风雨，甚至雷电
解开世界桥梁史上又一道难题
描画圌山关奇异的变幻

钢桁梁和斜拉悬索，连接
大江南北空间，从古炮台的角度望去
像缝合百年前一道殷红的伤口
仆倒在那场悲剧中的勇士呵
我是你早已走出屈辱岁月的子孙
请给我歌谣里铜炮、铁炮的意象
让我向炮膛填满翻天覆地的感觉
填满跨越险关激流的钢铁意志
和回答历史的壮美旋律

然后，邀请时空那端的勇士
在一个月照长桥的良宵
接受我胸中礼炮鸣放般的抒情

江岛扬中印象

一颗跃动的大江之心

在母亲河的浪潮中引世人瞩目

我最初认识的江岛
是春天大片盛开的紫云英
和曾喂养饥馑岁月的青青三叶草
还有，江风卷着血汗味的船工号子
掠过渡口的波谷浪尖，沉郁或高亢
一声声、一声声，注定
江岛的故事长满沧桑的色彩

引一江春潮的澎湃注入情怀
孤岛，迈进扬帆万里的年代
从曾经的寂寞和孱弱
变为惊世的美丽与丰腴
"工程电气岛""光伏能源岛"
"生态花园岛"的美誉，浓缩了
跋涉千难万险的脚印，成为一部
如大江百折不回、奔流向东的史诗

从当年江岛人背着行囊闯市场的渡口
远眺，五座连接八方的跨江彩虹

竞相为这片千年沙洲插上翅膀
这飞翔的是现实，还是神话？

访横塘
——怀念江苏时代楷模钱云宝

多年前留给我的邮址：横塘
恰是自古契合诗人歌吟的地名
"凌波不过横塘路……"
"横塘双桨去如飞……"
古典的诗句，你或许没有读过
却将人生之舟穿越惊涛险滩

记得那时养蚕植棉的收获
每一条蚕破茧化蝶，都是
你带领乡亲们挣脱贫穷的希冀
未料到今天，你竟然舔破自己
生命的茧壳，让这片渗透
祖祖辈辈血汗的乡土，惊人地
闪耀前沿科技之光——
碳纤维晶莹的千丝万缕

从纤维到碳纤维，仅仅为增添

一个汉字，你不惜用尽人生的寒暑

犹如实现填海的神话

村庄里新建的幢幢小楼窗口

满眼是你的身影，融入

"归时新月浸横塘"的风景

长江三题

彩色的母亲河
——画家为扬子江生态保护作画

以笔端的线条作纤绳
躬身拉近长江重返青春的身姿
画稿承载对母亲河的深深挚爱

渐渐茂密的蒹葭和滩草
色调四季变幻的韵律
伴随"水中大熊猫"江豚
从豚类保护区的波涛间竞相腾跃
尾鳍划出一道道弧线的流丽
是这些可爱的生命绽放微笑
与白鱀豚、胭脂鱼、红嘴鸥、绿翅鸭
丝光椋鸟、黑腹滨鹬……欢快重逢

与我们捉了多年迷藏的精灵们

今天，乍一亮相

就送给大江一个惊喜，它们

纷纷追着画家跋涉的身影

在墨彩之外，蘸着万千人

保护长江生态的澎湃心潮

以彩色的抒情姿势，画出

春来江水绿如蓝的纯美诗境

从激流通向云天的大道

根据渡江战役照片《我送亲人过大江》所作大型雕
塑，位于江岛扬中，与镇江经开区航空航天产业园隔
江相望。

那幅照片，是渡江战役一个

传世的瞬间，木船上的战士们

生死决战时的脸部表情

与手中的枪一般坚毅

迎接江南真正的春归，唯有

划桨的大辫子姑娘，留给我

风帆般穿越激流的美丽背影

今天，她以雕塑的形式一转身
惊喜地发现，当年铮亮的枪刺
和热血生命剪开封锁线
红旗最先插上的十里江畔
崛起宏大的航空航天产业园区
扑面的巨浪和炮火中，木桨
划出的胜利之路，由我们
向万里云天、浩瀚星空开拓

每一次关键技术的攻关，如突破
漩涡与险滩交织的大江天堑
如剪开另一种没有弹火呼啸的封锁线
渡江的战士早已在进军号声中
走向岁月深处，留下的光荣与忠诚
被我们融入"国之重器"——
大飞机 C919、支线客机 ARJ21
水陆两栖飞机"鲲龙"AG600……

此刻，划桨姑娘——

青春永在的母亲，又一次深情
凝视我，她的渴盼与几代人的
强国梦，正在飞天

敞开共和国浩阔的情怀
——读一位长江引航员的日记

你从舷梯向上跃动的身影
剪开水天一色，大江
向捧着万朵浪花而来的外籍巨轮
敞开东方大国的浩阔情怀

前桅，鸥群环绕的欢腾中
旗绳，沿着你手掌健朗的生命线
贴近黑眼睛、蓝眼睛或灰眼睛的仰望
升起共和国映照云霞的光荣
升起母亲河日夜奔涌的追求
升起，你耕浪犁波的青春

圌山关，鸦片战争的古炮台
仍守护一个民族的悲怆记忆

那些向今天凝望的眼睛

与你相距百年，仆倒的勇士

血色梦幻淹没于江涛

现在，由你豪迈擎起

以五星红旗的名义，把世界

引进山麓的现代化深水大港

与各国装卸友谊与平等

为明天装卸绿色与繁茂

更渴望装卸，不同肤色的朋友

心有灵犀的欢笑，共同

享有春江花月夜的美好

潮涨踏浪，潮落亲水

礁石、湍波，是你日记里

小小标点。弯道、险滩

流泻成你献给新时代的诗行

而那一江惊涛，在你心弦

弹响共和国的远航乐章

放鹤铭

江涛山雨的剥蚀，未透露岩壁上
《瘗鹤铭》的朝代和作者
只有追怀那只鹤的情思，还在
古老的时光里隐隐发酵

你在碑刻前静思时，突然感觉
留在云端的那一声长唳
和翅膀最后的扇动，形成的
微弱气流，穿过千年岁月
抵达自己胸中，神奇地引发了
与丹顶鹤结缘的情感风暴
一次次掠过盐阜、扎龙的
湿地、滩涂和芦花飞扬的野荡
甚至掠过零下二十度的雪国

那些高雅的精灵，虽然孤傲

但抵挡不住你的挚爱，纷纷

在镜头里展露美丽的千姿百态

你以光与影书写的，其实是

一篇篇各具神韵的《放鹤铭》

那位书写《瘗鹤铭》的古人，如若

读到你的作品，可会递上

真实的名片？并与你在鹤影飞舞里

品茗交谈人和鹤的缱绻

附记：摄影家潘致熙先生观焦山《瘗鹤铭》，为古人
思鹤之情所动，遂遍访鹤迹，以光与影写其风姿，历
二十年寒暑，皓首不辍，作品入选省和全国性影赛，
结集出版《我的鹤缘》。

扬帆需待春潮起

——读画致金才

大江，在画稿之外日夜奔涌

你只取村前一道浅湾

泊靠踏浪归来、枕桨而眠的船家

滔滔碧流淘漉过的桨声

和挂满航程上风雨的帆影

此刻憩歇在你的笔端

水波纤细的线条，颤动着暗示

春风万里一触即发

绿意星星点点，从湿地上延展

为春潮层层晕染的前奏

在色墨通透里回响

一只红嘴水鸟，忽然飞入眼帘

双翼，拉住我的目光

深入水云、滩草、江流交织的苍茫

一直深入江村隐形的根脉
你系紧几十载的乡愁
每一次解开，笔端
即向我涌来一片澎湃

冰冻的记忆，正在流淌
——读钢化玻璃壁画《运河春》

一面矩形的镜子，可承受
零下 20 度至零上 40 度的温差
穿城而过的街河，漕运时代的
繁华被冷冻已久。今天
是谁擦亮镜中的古老记忆？
连同千年前的两岸桃花一起明媚

层次丰富的色彩、流丽的线条
像春天上升的温度
从我的身体内发出解冻的声音
充盈我的视觉和听觉
是一条街河流淌历史的魅力

曾经的通阜桥下流走的
舳舻转粟、灯火临流的岁月

曾经的黄花亭里

遗落的商旅乡愁、墨客情思

都被往来烟波的舟楫

被划过沧桑依然强壮的船夫

被依然会唱歌谣、依然秀美的

船娘悠悠载回，轻轻划过镜面

现在，这面矩形的镜子

在反射夏天光芒的时候

给我以一种"望梅止渴"的感觉

大运河的旋律
——致作曲家印青

你曾说大运河，是少年时的伙伴
那春风摇曳柳枝的宝塔湾
像女生在绿荫里舞动婀娜的腰肢
虎踞桥高耸的拱形，喜欢从夏日
浪花间，勾勒男生弄潮的笑脸

古老的京口闸，在大江与运河汇流处
向你敞开船工号子的血脉偾张
和渔歌千里悠扬。碧流滔滔涌来
将不会干涸的节奏、韵律、歌唱
慷慨地装满你年华深处的行囊
伴随你，在乐谱上跋涉

以春夜的月色、花香、波光
重建静谧的空间，迎接你领着

当年的伙伴遥迢归来，只不过

少年的他或者她，都已是

一千八百公里波澜起伏的人生

像你作曲的歌剧《运河谣》

男女主角在橹声、帆影、血火里

演绎爱恨情仇、离合悲欢的曲折

枕河而居的我，再次抚摸穿过沧桑

和人性的潺潺流水，忽然发现

已置身于一部史诗的旋律上

并且，深情跌宕

中秋：江河月

倾听江河

落日，将长江、大运河滔滔
汇流的波光，涂抹最后的辉煌
中秋月，隐喻千年的情思

橙色的圆月，从江河口的
浩渺中，一跃而出
被浪尖上的思乡人，捧在手心
当作望乡的舷窗

将光影摩挲出潮湿的痕迹
从江入河，或者
由河进江的舟楫
犁开的浪花，在这一刻
飞溅桂花的馥郁

一条大江和一条长河

叠加的千万里风涛，浓缩成

今夜眼前小小的圆月

确信，它是家的怀抱

第一辑　江河变奏

江河口

舟楫日夜兼程，从大运河
航向长江，江河口的船闸
在汇流之前，显示波澜不惊的沉思

电控的船闸，与心灵的闸门
在相互感应中隆重开启
通透的波光掬在我手中
两条碧水，瞬间纵横穿过
像一个柔软的十字形加号
等待我在风浪中运算

顺流扬帆的惬意畅快
逆水而上的浪尖放胆
在浩浩荡荡中相加，等于
抵达一种人生境界
江河口敞开的哲理深入浅出

诗渡·义渡

西津渡，桨声消失，帆影失踪
目光，溅起沧海桑田般的慨叹
转身与两尊青铜的古人邂逅

"小山楼"题壁的诗人，离愁别绪
在夜江斜月里沉浸为传世经典
"救生会"的义渡船夫，仍日夜
持守，一只小鸟立于桨柄吟唱
桨久已未动，像一株菩提树
根，扎在千载善心中

救生无数中，那个行吟诗人的
诗思，被突至的狂风、骤雨、浪啸
乱了韵脚，由这支桨重新
梳理出抑扬顿挫、摇曳多姿
豪放或婉约，风雅了一条扬子江

待渡亭外，风软涛息
有湮没的，亦有不可湮没的
发掘淤塞的桨声，带我
在生死之间的那一刻寻觅

倾
听
江
河

访瓜洲古渡

古渡，与我一水间的距离
踏浪远去的诗人，留下
惆怅或忧郁的诗篇，都凝成经典

诗的帆樯曾经云集
足以风流于天下江河
潮涨也浪漫，潮落也歌哭
瓜洲，容我伫立倾听古渡
百年、千年前的真情回响

风吹滩草，鸥掠流水
不朽的风景清新如初
古老诗人倜傥的气息
在暮色中隐约而至
与我有约吗？真想
转身一瞥遥远的唐宋

瞬间，竞相为我放舟的是

李白、白居易、王安石、陆游……

感动过历史的心灵，成为

今夜波涛之上的灿烂星火

此刻，无论与谁同舟

都是一次穿越诗潮的横渡

新民洲（三首）[1]

重读散文《青春路》

那是"向困难进军"的岁月

一条在苇滩上拓出的小路，像从

四面涛声和青春的澎湃热情中

抽出的长橹，急切摇醒这片

沉睡于野鸭、大雁翅翼下的荒洲

你，来自北京的"袁鹰同志"

一夜无眠，"聊避风雨"的

芦柴窝棚中，垦荒的篝火与几千颗

年轻的心，在你的笔尖燃烧

词、句随之灼热、明丽、跳跃

---

1 著名作家袁鹰的散文《青春路》刊于《人民日报》1962 年 12
月 1 日。

向刚刚犁开的黑沃土地
深情播下比五谷更繁茂的预言
那条长着野草、飞扬芦花的小路
连同一个个窝棚，果然
失踪于绿洲万亩的丰硕之中

你当作种子播在新民洲的文字
形散，神至今未散。他们
无论男女，是你刻画在岁月深处
风涛万里挟不走的神

向新民洲索取一束芦花

半江晚霞，辉映的应是一座
垦荒纪念碑的巍峨，但在
高高的江堤下，仍如一叶扁舟
扬帆、沉浮、搏浪
载动从芦滩至绿洲的沧桑

最初的帆，是 60 年前被称为
新民的身影。秋风挥舞无边的芦花

赠予他们满头、满身，似雪飘飘

仿佛，与初升的江月

相互证明一尘不染

一部新民洲创业史，像大江

千回百折，被汗水和理想灌溉的情节

将纯粹的青春从荒滩

推向稻麦、果实成熟的芬芳季节

将芦花的美丽，当作书签

夹入这部史书，此刻月下翻开

依然向我摇曳一片洁白

临港产业园连江通洋，崛起的

姿势，披上灯火璀璨的时尚风衣

与篝火映红的处女地并不遥远

相距，只是两个动人篇章

之间的一束芦花

良种

曾经，在苍苍蒹葭的深处

他们以镬头、铁锹、犁刀
象征青春的锋芒，将荒滩拓成
分娩五谷丰饶的偌大产床

又一代新民，驾驭"机械化"+"智能化"
与风生水起的新时代，一起来了
他们引日益清碧的滔滔江流，灌溉
一个将种子攥在中国人手中的金色理念
六千亩稻麦良种基地的每一片绿叶
蓬勃抒写生态农业的青春

环形江堤由蓊郁的植被护岸
任满江绽放的浪花镶一道美丽花纹
新民洲呵，像一个盛满良种的青花瓷罐
春夏秋冬的风雨阳光下
潮涨潮落的涛声里，都被他们
深情抱在怀中，如同端紧
无数父母、兄弟姐妹和儿女的花边饭碗

俯身倾听，每一颗正在灌浆的穗粒
都饱满着梦想，渴望飞翔

年年在大江南北孕育另一片

辽阔的麦浪和稻海

孕育一首首内涵宏富、色彩灿烂

气质芬芳的丰收交响曲

萦绕千家万户的舌尖

人造水上森林

已过中秋，温度
却没跨过气象学上的夏季
木筏载我，长篙击水，轻轻
搅动白鹭和黑杜鹃们
映入碧波的翅影

逃离城市的喧嚣，顿时
一颗被燥热压抑的心，贴着
十万株水杉、池杉的年轮
放纵飞旋。从水中挺拔直向云空
引我仰望，是当年的幼林
曾汲取过的无数青春血汗

林间荷花，红艳早已消逝
荷叶未残，托举我真情流溢
星月朗照的林间

以流水和秋虫吟唱为背景音乐

邀谁对饮？扑面而来一树树

绿色云雾，可是植树人

从那时苍苍芦苇里闪耀的身影？

飞旋的年轮，将拓荒的岁月

切成一片片多味的记忆

将我面前这壶"湖荷冰心露"

变得甘甜中含青涩，青涩中含甘甜

清芬中有灼热，灼热里有静思

写诗的江岛少男

紫云英，亦花亦草、如霞如云的
植物，灿烂了江岛春色
紫云英，家乡妹妹般的名字
让一个少男，早早感悟诗的色彩

江涛卷来长江号子，充盈的血汗味
给他最初的诗句，渗入雄性的气质
江岛，如一只浮动在大江上的小舟
他以诗情奋力划动，从千年前
聚沙成洲的开端，越过波峰浪谷

祖祖辈辈的命运，像蒹葭
根植于沙渚，诗的意象似栖息在
滩草间的鸥鹭，一阵江风过来
飞翔，背负乡土的爱恨情仇
虽沉重，但落在纸上的一行行诗句

在乡愁柔软处，萦绕

被母亲河深深拥抱的少男，变成
中年，交给滔滔江流的那颗诗心
接受千回百折的淘漉后，有金子
从他笔下的江岛史诗里闪亮
一粒粒，渗出他人生所有血色

重访"老虎口"

民谣云:"船行尹公洲,命悬'老虎口'。"尹公洲位于长江与大运河交汇处,1980 年代在此建导航站。

奔闯万里至此,野性突起
风雨助威,雾雪遮掩
纵然是透明的春江花月夜
它撒泼的瞬间,碎了一江帆影桨声
比江洋大盗出没的踪影
更惊人魂魄,历朝历代谁能管束?

记得那年早春,一只小艇和
手把红旗、喇叭的人,插入它
桀骜不驯的腹地,与如牙尖锐的惊涛为伴
与如爪锋利的激流周旋
急弯、窄道、漩涡、浅滩
与它日夜啸傲的险径同行

千帆万樯，朝辞晚归皆从

导航者缚紧它的心弦上航过

此时，与我在春潮上相逢

是又一代人，正用智能导航系统

从"老虎口"中精准地抽出

巨轮东去西行，或轻舟

北上南下的一条条航线

比一日已过万重山的古老诗人更浪漫

是显示屏默默闪烁的

这一刻，我航过千年险峻

第二辑

岁月深处

访丹阳南朝陵墓石兽

这些帝王，一朝一朝
一代一代，不管生前
指点半壁江山的灵魂多么显赫
只顾向泥土深处隐藏
巍然活在大地上，是那些
注入工匠意志、情感
甚至筋骨、血肉的石兽

长满绚烂的纹饰，挺胸，仰首
双翼俏丽，随时打开一条通天大道
巧匠无名，却让神性的石兽
成就气贯千秋的艺术

一双双，踏过王朝废墟的蹄爪
将江南的旷野按捺出无边的
雄浑，在这个夏日近午的阳光下

我久久伫立在美的光芒之中

奔流的萧梁河，早已带走工匠
将巨石劈开、雕刻时沉重的姓名
和汗水。那我则取
神兽的名字，为古老的匠师
重新命名，他们是——
天禄

麒麟

辟邪……

观杨秉辉教授风景速写《芙蓉楼》

洛阳亲友如相问，

一片冰心在玉壶。

————王昌龄《芙蓉楼送辛渐》

手执钢笔的你，任画夹上

线条流变，像高速列车驰过

原野、山川，和横亘古今的时间

驰向一首唐诗浩渺的意境

笔尖的一粒合金，足够你

蘸满故乡的阳光。古润州那个

寒雨连江、楚山孤寂的平明

突然变得灿烂和煦、碧水如镜

水芙蓉和木芙蓉纯净、明丽的

气质，在泥土里秉持已久

此刻相约，从你闪亮的笔尖
向世人次第绽放

那只月光般澄澈无瑕的玉壶
遗落于唐朝辽阔苍茫的版图
寻觅的足迹，纷纷走失于
月久年深。而他，与你心有灵犀
可会将你视为芙蓉楼上
微醺含泪、揖别千里的辛渐？

你不敢丝毫迟疑，趁壶中那颗
透明晶莹的冰心，尚未被
喧嚣的世风熏染，以笔端的炽热
速写一片情思，并融化其间

范公桥畔

——读长篇散文《庆历四年秋》致夏坚勇

巧合得像是小说场景

你笔下的范仲淹，景祐年间

知润州时建造的"清风桥"

（百姓皆称之为"范公桥"

今政府亦以此名勒石纪念）

在我的窗外早已成为遗址，而今夜

秋月与来自北宋的流水声

一起漫入子夜的书房

当年运河波涛上的拱形石桥

如他的双肩。蹒跚走过的历史

载着一个王朝，沉重且幸运地

寻觅到一种巍峨人格的支点

至今，他仍在《岳阳楼记》的深处

孤独地抒发经典的忧乐情怀。

你以内涵丰富的生动表情

邀我一夜跨过千年辽阔

抵达他的庆历四年秋

碧云天，黄叶地，传世的秋色里

他的新政，刚刚兴起即遭遇萧索

他的灵魂，却成熟得令我沉醉于

遥远的芬芳。一定是你让他蓦地

敲开窗户，递给我一粒红荷绚烂过后

沉睡于污泥深处的古莲子

经历沧桑，依然饱满闪亮

此刻，我默默问自己

如若接受他的慷慨馈赠

还会在心灵真实地培植与绽放吗？

一个人的北宋往返

——读《癫书狂画：米芾传》致王川

为寻觅北宋的他，你走得
很远也很久，孤独的雨夜
一场车祸，如古代的
蒙面大盗，蓦地杀出
伤你，但不能阻挡你

身心，深深陷入他癫狂的个性
和传之千载的墨点
你的华发却没有因此染黑
一路又添更多银丝，恰好
与北宋的星月相映生辉

现在，你一个人从北宋赶往
太湖之畔的江南文脉论坛
而他，继续隐居于润州黄鹤山中

在梦里，以美妙的墨点
洇化为云烟山水的独创技法
画他的《云山图卷》或《壮观图》

他视你为知音，以行书
《多景楼诗帖》的豪放表情
伴你赴会，甚至以跪拜奇石的
夸张姿势，拜托你
在这比当年汴京西园文人雅集
更富有时代神采的隆重场合
代他，结交天下新的文朋诗友

梦溪琴社听琴

那条萦绕古人梦境的淙淙清溪
早已被岁月层层淤塞
此刻，在七根琴弦上流淌

一曲《欸乃》起伏跌宕，命运
唯有交给那个古老的船夫
从激流澎湃的生死之间
转瞬抵达山青水绿、风荡杨柳之处

《幽兰》和《梅花三弄》先后
从琴音里袅袅弥漫开来，听觉
沉醉于馨香，两种开花的植物
将杂念掸得干干净净

有一种明澈的穿透力，不容遏止
一缕一缕逼近，被变幻
无穷的梦渐渐淤塞的心境

与北宋科学家苏颂为邻 *1*

1.

当知悉你"仅蔽风雨"却雅称
杨柳村的宅第，在润州化隆坊
我即成为你千载之后的邻里
如你，曾北近沈括先生的梦溪园
东邻刁约先生的藏春坞

黄叶飘落的晚秋，你从精神深处
绽放春日灿烂的声音，邀我倾听
就像你的水运仪象台，第一次

1　苏颂（1020—1101），原籍福建同安，后定居润州（江苏镇江）。北宋名相、天文学家、机械传动专家、药物学家。其研制的"水运仪象台"，为世界最早集观测天象与自动报时为一体的大型天文仪器，其中的擒纵器为现代机械钟表的鼻祖。其绘制的星图标有 1461 颗星，比 300 多年后欧洲观测的星多 439 颗。其为政清廉的事迹亦载入史册。

在汴京的子夜自动报时，敲响——
亘古的钟声，比滴漏、沙漏计时
甚至，比任何一次雷霆滚过心灵
更具震醒悠悠沉梦的象征意义

2.

透过这老小区银杏、丹桂的枝叶
我的西窗，正面向你执意辞官
行舟千里、南归登岸的清风桥

曾经的大宋宰相，揽浩茫天象
于怀中，辨万山草药祛人间疾痛
穿过宦海，卸一船财物，唯有
图书万卷和数十载夜读的思索
芸香，在漕河上逸散你的气质
——明澈、深邃，向我流淌不息

你归乡的桨声与人生巅峰时的钟声
交织成有声心路，至今不愿沉默

3.

没有云雨的夜晚，我推窗与你相见
不在万家灯火、街衢人流，你一定
在星空，投我以澄明的微笑
但我，无法确定哪一颗高悬的恒星
是你，熠熠闪耀儒雅、温润、睿智

你成为世上最先被广远的星际
燃亮的人，发现的 1461 颗星辰
旋转苍穹的浩瀚，是你生命的
无限光影。手机突然响起，我仿佛
有幻觉，是你在孤独的期盼中
借眉山苏轼的一行流行词句
急切、兴奋地问我："今夕是何年?"

踏雪焦山

一场南宋的大雪，一半
融于他的砚池，另一半是他
被半壁江山切碎的忧思
于这年这月这日，纷纷扬扬

那时地球尚未升温，江南
六瓣星状的雪花，大似鹅毛
且多姿多样，每一朵雪花的枝杈
和角棱，都在江天的苍茫里
托举他的悲怆

诗人，从不回避酒的炽热
慨然尽醉，忘了录下观碑的点滴？
没有气象观察记载的朝代
却将踏雪的时间深深刻进崖壁
让往后的寻访者，纵然

在炎炎夏日，也旋即融入

古老的晶莹、纯净，和雪的燃烧

姗姗迟来的腊雪，引我与他

在春色的边上相逢，无需重现他

笔端烽火未熄、风樯战舰的画面

焦山，一朵飞舞至今的雪花

足以承载八百年沧桑

登北固楼

稼轩，早已是北固楼的
旅游促销者。两首词
以金戈铁马刻写。那枚斜阳
是他加盖的鸡血石印章
成为他发出的登楼请柬
从南宋的烽火烟霭中开始
八百年，执着地遍邀天下

在危崖上屡废屡建，没有变的
是他的孤独守望，和那声
"何处望神州？"的千古追问
放大至寥廓江天，回响如涛
从无数登楼者胸中滚过

他，成就一座楼的不朽
并成就了江南，不仅
春风烟雨花月醉人，还有长江
深流和澎湃，如豪放抒写

一个英雄与一座亭

登亭的山道上，风雨和雷电
如不断出没的盗贼，当摘走
亭檐最后的铃声
那个古老英雄抚栏放歌处
轰然倾圮。只留下
一代代寻访者的叹息
被危崖下的江潮卷去

打开英雄从岁月深处
寄来的不朽词篇，是早已
邀我登亭望神州的请柬
词中，一抹经典的斜阳
依然耀眼，像当年
烽火烟霭间的橘红邮戳

古亭如何复建如故？

081

需多大空间，才容得下

英雄的万丈豪情

和今天蜂拥而至的游兴？

关于古亭的争论未歇

山下一幢幢现代建筑

却迅疾长高，恣意

对山巅呈包围之势

英雄曾所向无敌

而此刻，千秋之邀的热切中

添了几份焦虑和惶恐

倾听江河

一个赵宋后裔的感怀
——读长篇散文《绍兴十二年》

岳飞在临安落下的冤泪

早已风干。我与那个王朝的

一丝血缘，经雨雪千年稀释

也平庸得波澜不惊

而你笔下，金兵的铁骑速度太快

未待我遥望故国，膻风即掠过中原

家谱上的老祖宗，从庙堂

沦入江湖，只在瞬间

舞台虽是半壁江山，但绝不戏说

你为自己定下规矩

官家赵构也得恪守，六宫粉黛

还有秦桧及文武百官儒生举子

市井百姓前线士卒等等，纷至沓来

都被你，一一洗净妆扮已久的脸谱

本色表演的历史，精彩得
令我渴望互动

他们可听得懂我的道白？好在
那首怒发冲冠的《满江红》
直通南宋。正欲作扶剑慷慨状
你刻画宋金和议的时局
阳谋阴谋忠奸善恶，犬牙交错
立刻触痛我的筋骨
多年未有的疼痛，却发生
在今年，在这梅雨江南

探寻：画里画外
——读《黄公望传》

早年，你从他千变万化的
皴染技法中，为自己的画笔
取来的"骨"与"魂"，现在
潜在你书房的键盘，贴进他以
螺青、藤黄、水墨描绘的
开宗立派的人生

你调动的数十万字、词，纷纷
深入古老岁月，随他
从虞山脚下开端的生命，一路颠簸
并且，在他曾盘桓、挥写过的
云溪、岩壑、春林、秋峰中浸染
熟稔的元代气息、音质和色彩
唤醒他被时间覆盖的记忆

他丢失在那个乱世的心迹
在你眼前重新跃动
身影尽管沧桑，依然
像他传世的画那般"风神竦逸"

与他像老友促膝长谈
只是，你叙述《富春山居图》的
历险传奇，谈笑声戛然而止
一定，是这幅他最引为得意的画
在他身后颠沛流离、烧为两段
至今分在海峡两岸的命运
像画上残存的连珠状火焚洞痕
灼痛了他的心

圌山关

晨曦柔润的手指，从三角洲
无边的绿野上伸展过来，旋即
打开千古锁钥，峰脊连绵起伏
似奔马的光影，引我向
180 年前那个炎夏的炮火驰去

在突出江岸的大矶头、二矶头前
猛然拽紧记忆的缰绳，古炮台
像那些守关勇士惊天动地之后的
沧桑风骨，与我久别多年
可识我在退潮的江滩上
捡拾锈迹斑斑碎弹片的少年模样？

从祖父再向前推三辈的祖先
即开始将抵御强敌的炮声藏在心胸
牵苍翠山风擦拭它的锈迹

取春潮秋涛滋养它的声响

已经喑哑的炮声，终于

生长出歌谣般铮铮音韵

和曲折动人的神奇传说

倾听
江河

圌山关，我最初的峥嵘课本

重读时，穿越大江的"复兴号"列车

正沿着山麓划出一道白色弧线

迅疾将我的思索带向远方

京江祭
——读书致庐山

一个秋夜，你终于改定这部长卷
《京江祭》，敲打字符的力量，最后
一次击透公元 1842 年 7 月江城的
天空，颤动、倾斜、崩塌

然后，月朗星稀的天穹
与航灯闪烁的江流，洗净你
穿越鸦片战争时，一遍遍
被屈辱和血火舔舐的笔触
重新浸润于和平年代子夜的温馨

当初，你屏住呼吸，第一次
写下这三个汉字，即将血管中
涌动的汁液，一滴滴更换成
母亲河曾经的滔滔悲怆

你从她多舛的命运里抽出

不可折断的气节，当笔

一边抒写，一边任刀剑的闪电

与炮火的雷鸣，任烈焰熊熊的古城

在自己胸腔惊天动地、血泪咆哮

我锈迹斑斑的记忆

被你完稿时冷峻、深沉的表情

擦出一面古老铜镜的铮亮

照见她埋在命运深处的伤痛

清泉丹心 *1*

清光绪年间镇江知府王仁堪"以民事为事，以民心为心"，其情怀和事迹感人肺腑。

隔着百年风雨，向昨天眺望
他的身影和脚印，早已远去
在一泓清泉的池壁，是他
清淤、修缮、筑栏的泉眼边
留下：王——仁——堪
真实的姓名，代表生命
代表生命中那颗穿透时间
依然炽热的丹心
与"天下第一泉"的清澈
映照至今

---

1 该诗由镇江市广播电视台摄制成电视艺术片播放。

从京城赴任，千里大运河

浪一程、风一程，程程相催

光绪十七年孟夏

"镇江府"迎他的风景——

天无甘霖、田地龟裂

新秧萎黄、饥哭震野

盗匪猖獗、洋人骄横

乱世挽歌中的晚清

他唯有一身孤独的风骨

在庙堂远方的江南一角

以舍命的姿态，为民擎天

古城兴亡千载，曾经的知府

范仲淹胸中：先忧后乐

辛弃疾胸中：金戈铁马

他的胸中：人间多少悲苦

如万箭穿心。八百次夙兴夜寐

北固山上空的冷月寒星

透过墙垣剥落、门窗朽败的府衙

见证他秉烛疾书

今天，我读懂这一篇篇公牍

惜墨如金的文言，竟然
与百姓的渴盼水乳交融

假如我，生活在那个时代
是一种不幸，但与他相逢
却是无望中的期望
随他驰赴云阳，在教堂的疑云
与民众的怒火之间
见证他正气凛然和智慧闪耀
将压城风暴化为雨后晴空
举一支火把，伴他夜踏江涛
巡防，还古城安宁的
梦乡。目睹他一帧剪影
在岁月幽暗的深处闪光

文采风流，何曾登楼凭栏放歌？
躬行于民间，成为他
抒情言志的最佳方式
蔽天蝗虫，是他抱病猛灭的仇敌
他朗阔并且柔软的心田
长满农家的麦穗和稻菽

冈陇阡陌间，多少河渠塘坝
他迎风披雪率众兴修，
脚跟冻裂，为寒冷的历史
踩出暖人的血色印痕
十里长山上，松柏的年轮
储满记忆，他植种的绿色
荫佑着《百家姓》里万千子孙
沧桑鼓楼岗，犹闻当年读书声
南泠学舍遗址里，是他开掘的
百年名校"省镇中"文脉的源头
……

抵御浊流汹涌的世界
他将自己的灵魂交给
这潺潺泉流，濯洗成一种纯粹
都说"三年清知府，十万雪花银"
而他，为民生福祉掏出的
何止是一个知府的俸禄
何止是闽县故园亲人的捐款
是一个四十四岁汉子
人生正午的全部阳光

他离任携走的所有财富

除了日夜积劳的遍身病痛

唯有鉴亭相送的浓情

正是荷红莲碧的时刻

寓意悠远的泉畔鉴亭

情醇如泉的父老乡亲

无需佳酿，也无需折柳

饮泉话别呵，一城热泪汇泉眼

他可知道，沉淀丹心的

"天下第一泉"，粼粼澄澈

正以鉴古照今的深度

透视我和无数心灵

铜像和家谱（二首）

仰望铜像

镇江伯先公园为纪念辛亥革命先烈赵伯先（赵声）所造，宋庆龄题写园名。

百年前生命的温度
大多冷却，而穿越历史的
铜像，仍坚守精神的光芒
灼痛今天深沉的仰望

晨练老者飘逸的姿态
青年恋人相依的身影
包括遍园闪烁珠露的鲜花
都使昨天变得那么遥远
曾经的中华，先驱者的肩头
与大地一道承载苦难

最不缺少诗文的古国

森林般的生花妙笔，一代代

至辛亥年，才有革命党人手中

发烫的枪筒敢歌敢哭

诗文锦绣的少年秀才

思想的头颅毅然选择——

憧憬新世界的抒情方式

面对家谱上的赵声

家谱上的他，是从黄花岗

高大碑石刻写的悲怆中

回到洪溪古镇的农家儿子

与他团圆，是血脉上溯

八百载，乱世南渡的一家人

开枝散叶般的繁衍，连我

这个辈分在他三代之后的后代

都与他，在线装仿古的新谱上

挤在一起，犹如他少年时

除夕祠堂守岁，偌大家族
被烛火红旺映照得亲密无间

在史书和谱牒之间，他以青春
注释家与国相连的存亡生死
以自己"一腔热血千行泪"
慷慨替代生命的甘霖
洒向大地沉沦中的百家姓

他闪耀沧桑的功勋，曾被我
一遍遍装饰貌似浴过血火的诗
忽然发现，他百余年前的碧血
在家谱上洇晕出的光灿，如镜
顿时，照出我名字的羞愧
急忙想逃出宣纸上竖排的字行

珍珠吟（三首）

她，在一首唐诗中复活

唐朝，没有诺贝尔文学奖
诗人张若虚的千年之后
在那首没有获过奖的经典中
复活一个获奖者的
梦幻、爱情和忧郁

她的蓝眼睛，是春江花月夜
燃烧却不肯熄灭的流星
从少女时开始，热吻东方古国
灼痛最深，是她自己孤独的灵魂

她美利坚的青山农场，早已
不种小麦和玉米。墓前年年
盛开她对遥远大地的思念

晨雾里，我曾以一束鲜花

轻轻拥抱墓碑上三个篆字：赛珍珠

凝结于碑石的露珠，仿佛

溅起她深藏依旧的江城乡音

今夜，她的美丽与忧伤

和曾经流浪的心

都已回到中国故乡。她全部

人生秘密，以一种抒情的姿势

跌宕，像正穿过我身体的

那脉水系晶莹流香，并且

不可阻挡地让我沉醉

访镇江赛珍珠故居

登云山，其实距离云空很远

像云，是一个缥缈的身影

那年，从满山青翠间最后飘远

这幢西式青砖小楼里，只剩下

她塑造的王龙、阿兰及子孙们

悄然收敛各自鲜活的个性
命运在书橱中寂寞，年复一年
如她，在费城郊外青山农场
思念中国故乡时的孤独

当一阵风，吹开这扇松木门
花香、鸟语簇拥的蜿蜒山径
却没有她万里回家的跫音
她童稚时用乡音"过家家"的
那些小伙伴，也没有带着
她最爱吃的麦芽糖和芝麻糕
随风一起进来

客厅百叶窗下，曾经的
那架黑金色漆的扬琴
琴弦，断了近百年
我却感觉回声优雅、深情
刚刚戛然而止

登云山

——镇江赛珍珠故居坐落于此

山不在高，但她从来不是仙
只是一朵孤寂的白云，与她的肤色
相似。在夏日炙热的风中
我触摸她曾与山谷的农人们
一起向天祈雨时的焦灼、悲悯心肠

云，急速向我变幻色彩
可是她当年生长青青秧苗的情愫？
洒下来，终于洒下来的瞬间
隔洋的青山农庄，她在梦中
一定遇见梅雨的江南，一片迷濛

我尚未踏上山顶小楼的梯级
书房，仿佛传来她吟诵《红楼梦》
"花谢花飞飞满天"的回声
倘若她一转身，蓝眼睛的晶莹
证明她不是我的林黛玉，但光泽
在中国故事动人心魄处，浸润、闪烁

就像门前弯弯山径，诱惑她从蹒跚

学步开始，扑向充盈着泥土味的

耕作号子、古老谣曲、泪水和欢笑

扑向弥漫于田野、河流、茅檐的离合悲欢

她在他们善良、辛劳、苦痛、抗争的命运中

长成亭亭玉立少女，长成风霜人生

长成将异乡当作故乡的痴情女儿

灯火万家巷 ¹

一句"中科院最美的玫瑰",足以
绽放她在风暴、湍流中的明丽
绽放她在时光对于生命的侵蚀中
不可摧毁的尊严、优雅、高尚

绽放她一生的这束玫瑰
与大漠深处的马兰花默默盛开
和那朵蘑菇云轰轰烈烈升腾
多么神似,相连的须根
蓦地被切断,疼痛的孤独
在她广袤的芬芳面前,冰消雪融
以另一种巨大的能量震撼人心

---

1 中国科学院大学李佩教授的祖居在镇江万家巷(其父李保龄
先生出生于此),巷内新置她和丈夫、"两弹一星"元勋郭永怀
的展牌。国际小行星中心曾公布两颗小行星分别为"郭永怀星"
"李佩星"。

104

她的爱，此刻凝聚于秋阳暖透的深巷

任我叩响百年前的庭院

故人，都在历史的肌理里沉默

唯有她，微笑留在那面沧桑的墙上

将祝福的温馨溢满邻里街坊

斜阳，送不走我徘徊的脚步

等待，等待灯火万家巷

她和他遥迢归来的身影。苍穹

那两颗璀璨旋转的星

在我的头顶，愈来愈接近

我深情地向他们灵魂的仰望

重逢闻捷（三首）¹

在延安走近诗人闻捷

沿着石阶，老战士寻根的题刻

显示清凉山深度的红色记忆

你曾经的抒情，像高原的鸟

憩歇在哪一片峭壁？等待

我这故乡的后人轻轻叩问

谁见过你在延安的青春？

石窟里的佛，眼眸传神

却不愿回答我，只有香火袅袅

我闻到当年报社的油墨飘香

笔端与枪口一起喷吐火焰

与清凉山的山名相反，炽热

---

1 赵咏桔、赵咏苹、赵咏梅撰文《感谢家乡的土地》，收入江苏人民出版社 2006 年 1 月出版《江碧霞红》。

是你告诉我的关键词

你趟涉延河的遥远背影
像在风帆下穿越扬子江的身姿
"水照延安"的古老景色里
梦和诗，又逢陕北春暖
塬上传来你那时纯粹的笑声
被我当作一首含蓄的无题诗
千里迢迢带回江南

重逢闻捷

手掌揉搓这粒粒的珍珠，
一粒麦子是我们一滴心血。
　　　——闻捷《长江万里·端阳节放歌》

端阳，闪耀的身影不仅有古老的屈子
相距两千多年，还有盛年的你
大江抱紧家乡，亦抱紧
你留在故里的每一个日子

当年，没有龙舟潮头竞渡
却有躬身的你，手中镰刀铮亮
辉映无数乡亲铮亮的镰刀，汗水
记载在麦浪里追逐丰收的艰辛
时间的剖面，曾经风雪覆盖
四十年前，开始越冬返青

拔节抽穗扬花呵，不仅是你的诗魂
所有人的心境，都遇见春天
从你心血里孕育出的诗行
重逢一片催生希望的乡土。无需
新月状的锋刃切入一个成熟季节
新型收割机收获大面积金色的麦穗

生态种植、熊蜂授粉、无污染饲养
这些你没有听说过的词汇
由"红颊草莓""夏黑葡萄"
林中散步的鸡群，与在稻田里
吃虫、除草并长大的雏鸭，一起
为你诠释绿色农产品的诗意内涵

被你手掌揉搓过的粒粒珍珠

已被放大成江南大地上一处处新农村

你的诗，依然像灌浆后的饱满麦穗

而麦芒，不分时节常常触痛我的思念

诗人的女儿与家乡
——纪念诗人闻捷百年诞辰

60 年前，记录闻捷"谈诗"的笔记本

今天突然向我敞开，菜花

无边盛开的季节，金灿灿的记忆里

诗人抱着牙牙学语的女儿回乡

女儿在田埂上用笑声

追赶蝴蝶，竟然脱口而出：

"白蝴蝶、黄蝴蝶，飞向菜花都不见"

"儿童急走追黄蝶，飞入菜花无处寻"

没有读过杨万里的她

却与古人的意境梦幻般相遇

春天的田野，神奇地塑造一个儿童

烂漫的想象力。诗人三个女儿的名字

咏桔、咏苹、咏梅——
莫非都来自这灵性、彩色的乡土？

当年，与蝴蝶一起在菜花中
飞舞、歌吟的是谁？时间的
帘幕再次卷起，熟稔的菜花重新
开得轰轰烈烈，热吻归来的三姐妹
没有咏唱，在花海之外的广袤中
她们，默默播下血泪浸染的文字：
"感谢家乡的土地……"

追随诗人父亲，她们芬芳的气质
深深植入脚下这片长江和运河
汇流、灌溉的多情大地

在岁月深处（组诗）

在陕北怀念画家石鲁

最初认识他，是那部叙事长诗
《复仇的火焰》里的美妙插图
诗人闻捷与他，同时
成为我少时仰望的双星
一颗在江南，一颗在西北

走近他，才发现他的脸部
早已被陕北的烟云描绘成
不落俗套的表情，雷电曾击碎
他眼神里坚守的冷峻和孤傲
却无法击碎他与沟壑峁梁
融为一体的魂魄和嶙峋骨肉

水土流失的年代，热血孕育灵感

一枝画笔，凝聚独特的美学追求
插入黄土高原，便四季开花结果
奇香飘天下是画作《柿红时节》
《家家都在花丛中》……
插入九曲黄河，作楫
在《转战陕北》《东渡》的笔墨里
将艺术之舟划向浪尖

狂放的性格中亦有柔软，塬上
突然卷起风暴，撕破他心灵的窗纸
他却日夜牵挂闻捷的命运
无法抵达江南的思念
如我眼前晋陕峡谷中激流奔泻
在岁月深处震撼至今

访匈奴古都"统万城"遗址

一个植树固沙的陕北汉子
在毛乌素沙漠的南缘，为我指点
那个马背民族曾经的辉煌

落日色调艳红，凸现白色废墟
残存的凄美，黄土高原上
谁能追溯千年以前的祖先
属于游牧还是农耕？
浓烈而多情的生命交融、繁衍
让无定河流淌出历史的深度

他爽朗一笑，称身上或许有
匈奴的热血。迎着风的呼啸
抗沙植物从他脚下，一株一株
一米一米，向沙海挺进
他并不孤独，一起播绿并掀起
层层绿浪的，是他和无数陕北兄妹

夜探石泓寺石窟

月色，映衬川子河畔的静谧
石泓寺石窟，栖居千年的心灵
属于创造艺术美的工匠

佛像，一尊一尊生动

身上的衣裙，似飘溢

高原春风和花的芬芳

含蓄若笑或凝神深思

丰腴大度或健劲灵动，都是

以手中钢凿挣脱苦难的抒情

今夜，我闻到当年工匠生命的气息

走出石泓寺，川子河泛动的月光

如银，像梦的祈盼，更像钢凿

以铮铮的造型语言，悄悄与我说话

致香炉寺的一个留言者

香炉寺，从万仞绝壁上

面朝黄河，一个陌生的

年轻身影，已向何方？

只有贴在石栏上的一张字条

在早春的晨风里默默自问

"别人有爱情与追求

我为什么都没有……？"

我不想责怪你的惆怅与徘徊

你集聚在心头的思绪是一炷香

毫不遮蔽地燃给母亲河

九十九道湾，每一湾

都涌动生活的哲理，滔滔传来

你若在时间深处重新倾听

答案，已在万里涛声中

沙清泉：刀痕上的人生

其一

那天，注定你敏锐的记忆
像刻刀，雕凿出
一幅史诗般的画面

1936 年 10 月 8 日午后，透过
沪上八仙桥青年会的窗户
秋阳，将全国木刻展览的作品
和抱病前来的鲁迅先生，都染上
一层与木刻的黑白线条、色块
反差巨大的赤橙光芒

（这竟是他生命倒数 11 天）
你，还有和你一样年轻的版画家
被先生——"新兴木刻之父"呵

最后的热情和期望深深沐浴

淬火的刻刀，面对那些木头
犹如雕凿自己的青春年轮
在疏密相间的节奏变化中
你独特的气韵、境界、风格
一起在锋刃上充沛绽放

其二

离乡时，你是少年
归来，江月已与银发互鉴
55载怀想，你有夜话
诉说不尽，墨迹却凝练为
一句："家乡月更明"

古镇沙街的青石板路
独轮车的辙印仍刻在时间之间
十三代传世的沙氏医派，少了
一颗仁心悬壶济世，却多了一个
手持刻刀，在烽火年代

为疼痛的山河、抽搐的大地
望闻问切的战士

执着于刀痕的乡情，流淌
故乡那条洪溪的深度和光影

黑白或套色，都是你
一生创作的一幅经典

附记：沙清泉（1916—1998），江苏镇江人，早年在
上海投身鲁迅先生倡导的中国新兴木刻运动，是中华
全国木刻界抗敌协会的创始人之一。新中国成立后，
他在河南工作，持续为版画事业作出贡献。他的艺术
除了宣传抗战救亡，还有众多表现盎然生机、江河水
暖的作品。沙清泉先生去世后，其夫人姚琳女士将他
毕生创作的艺术作品和创作原版及遗物 323 件捐赠给
镇江博物馆收藏。

在上海四行仓库杨惠敏塑像前

苏州河，如河名的温柔

缓缓穿行于繁华的都市，只是

流经北岸这幢建筑物时，粼粼波光

迎着密布墙壁的炮弹孔、枪弹孔

瞬间激起情思的湍急漩涡

1937 年的那些秋日向我汹涌而来

切割出两岸生死线的浪尖

将她，写入壮烈的历史

曾在故乡北固山下江涛中展露

美人鱼般泳姿的少女，向敌寇

倾泻弹火的加农炮口和 92 式重机枪口游去

向八百壮士国仇家恨的深度游去……

从此，勇敢、大义的她由几代影星

陈波儿、林青霞、唐艺昕扮演

而此刻，为我扮演她的
是一尊栩栩如生的青铜色雕塑

剧烈的爆炸声、烈焰和血的誓言
虽然冷却成她坚毅的表情
但我觉得，她以少女的敏感
发现一个鬓染霜雪的乡亲
以澎湃心潮，将落满弹火的青铜色
淘漉出她曾经的娇媚

忆诗人辛笛携妻秋游焦山 [1]

其一

与诗人和他的爱妻

从一江秋水上，划向焦山

"两只小船相依为命

有时月朗天清，有时也风雨纷纷"

她衣襟上一枚胸针闪烁，诗人

真想固定那只花间翩翩飞舞的

蝴蝶，让我见证诗和爱情

穿过漫漫风雨之后的迷人

吸江楼上，沉醉于碧波远帆

问到我的职业，诗人和妻子

回到现实：当老师好呵

1　江苏人民出版社于 1981 年 7 月出版"四十年代九人诗选"《九叶集》。

我们的女儿也在教书，学生
是一首美丽且回翔的诗

其二

与时令相反，心情处在
万物复苏的季节，就像他
赠我的诗集，九片叶子
（他说自己只是其中一片）
刚刚卸下霜重的岁月
在满山斑斓里焕发葱郁

手掌"纹路曲折如河流"
"一株草、一只蚂蚁也呼吸着"的律动
母亲"肩荷着那伟大的疲倦"
"因为一个民族已经起来"的赞美
……
沿着情思的叶脉，走进这
奇异的多彩诗林已无数日子
九片叶子，一片一片
落尽，我却在林中忘归

那年中秋

——怀念余光中先生

那年中秋，台风"百合"过后
余波还翻卷在高雄西子湾
你款待故乡来客，青花瓷碗
盛满百合莲子汤温热的寓意

此百合非彼"百合"，一道药膳
苦中甘来，甘甜中又含苦涩，以至
远处一湾秋水，层层叠叠成为
座中品尝的话题，包括你的诗

诗情，浓缩为一枚小小的邮票
我如信使，从宝岛飞至香江
再夜航千里向金陵，天穹澄澈
梦或非梦，都在今夜圆满

皓月一轮似邮戳，蘸满归途上
彩云、碧海、江河、青山的明丽
蘸满海峡两岸百合、莲荷的
清芬和桂花酒、月饼的绵甜

蘸满今夜世间万物的美好
在这枚浓缩思念的邮票上
盖出中秋月圆的戳记，从此
血脉深处，你年年寄来乡愁

响箭

传说是后羿挽起长弓，
射向这嶙峋而陡峭的山峰。
——忆明珠《箭洞》

那时，你以青年诗人的激情
采撷的圌山斑斓秋色，藏入
一首《箭洞》，照进两端洞口的
阳光月影和洞中的血色记忆
都在诗句里保鲜至今

裂成奇绝石洞的火成岩
冷峻了亿万年，却在你
心底沸腾情感的岩浆
一个个词，被峭壁撞出火的灼热
被野藤和荆棘拽出张力
然后，在山雨罅泉里发酵诗意

山麓，一个读诗的少年因此

执着以童话的方式理解：洞穿

大江雄关般峰峦的箭镞

从后羿的弓弦上，变成

你手中抒情的金星笔尖

险径盘旋或溪流绕山

你以诗行，拉直成一支响箭

射向懵懂的少年。今天

当年的少年顶着一头风霜

攀向危崖洞口，远眺你

融入巉岩夕照的身影

并一遍遍倾听，你的诗箭

穿过天地的悠长回声

多景楼唱和
——忆诗人雷抒雁镇江采风

一座歌吟的北固山，诗韵里有江涛

卷不走的烽火味，那年早春

栏杆拍遍的陆放翁、辛稼轩、陈同甫

在多景楼中，以慷慨悲壮的

千古名篇，等你南来唱和

等你，还有古城没有风景的栗子山

一个军人崇高洁净的魂灵

从春雨洗亮的白色墓碑上，默默

辐射热量，将你肃立的敬意

撞击出汨汨情思，溢满山谷

干休所的政委，他没有

洪涛激流或天崩地裂中抢险的

壮举，也没有驰骋沙场的功勋

唯有将自己人生正午的阳光

温暖、透明，并且贮满春的芬芳

全部熔成曾经南征北战的

老英雄们的灿灿晚霞。这是他

燃烧生命的方式，就像你歌唱的

小草，平凡却与松柏同样常青

"……战士，愿以忠诚为承诺

随时准备献身

无论面对和平还是面对战争"*

这是你，也是他与北固山巅的

古老诗人们深情唱和，多景楼

满眼风光，从此又多了一景

---

* 引自雷抒雁《敬礼，对着你的墓碑——怀念一个叫林正书的军人》。

具有诗人气质的鸟

——读培元、才才先生《快活小鸟》唱和诗

从古都羊山飞至江城南山

一只小鸟，在林间乍闪身啭鸣

即显露诗人的激情气质

是李白的"众鸟高飞尽"后

又归来的那只？穿越千年雷电暴雨

以翱翔的姿势，书写生命的豪放

是王安石退隐半山园

"经过遗好音"的那一只？

悠闲里，寄寓起起落落的从容

是辛弃疾"松窗竹户"外

"万千潇洒"中的一只？因为

经历无数箭镞和火枪，更珍惜

拥有自由与云天的快乐

其实这一只，是来自
沧桑随园的窗前书案
唐诗宋词里所有的鸟——
黄鹂、白鹭、早莺、新燕
霜禽、春鸠、子规、鹧鸪……
它们的羽毛连同欢欣与忧思
早已被随园里的先生们
梳理为传世的经典

现在，先生的弟子站在夕照里
放飞自己，因为他们
谙熟那些飞过沧桑的古老翅膀

鲜花的种子

纷纷飘落的梧桐叶里

你的掌心托着妻子病危时

叮咛剪下的指甲

（并叮嘱埋入家中阳台的花盆）

犹如手捧一粒粒鲜花的种子

黑夜般漆黑

冰雪般酷冷

恣意劫掠她的微笑和泪光

劫掠她以风雨磨砺的十指

年年牵手春天的约定。劫掠她

十指柔柔梳理的记忆

十指深深耕耘的岁月

十指缠绕十指编织的情思

十指，代表她对爱的

殊死扼守。即使生命的防线

悲壮地崩溃为泥石流

燃烧成漫天陨石雨

她的十指呵，仍然

无声宣告，与所爱的人

总会在花开的时节重逢

风车山

——怀念赛珍珠研究者刘龙老师

百年前掠过古城的江风
让那架荷兰风车，不息旋转一个
蓝眼睛少女的梦幻，从山谷
涌向山顶的泉流，被她
在身体深处，浇灌又一个故乡

风翼折断已久，你向大洋彼岸
伸出臂膀，加速转动自己的年轮
思考的心血，日夜涓涓
洁净尘封在她篆字姓名上的
岁月，溅起的乡音终于归来
最先熟稔的，是你的笔端

风车成为历史背景重新矗立
像一场夏雨酣畅淋漓，她与你

交谈也进入高潮，可是关于

中国大地的新话题？包括

这座曾旋转你们生命星辰的山

倾
听
江
河

古塔的坚守

无须春雨，钢筋混凝土的
结构，一夜之间拔高了城市
从此，古塔直指云霄的优势
属于一个遥远的年代

玻璃幕墙的炫耀
拒绝阳光和月色的浸润
燕雀难以抵达的楼群之巅
无情地遮蔽古塔
与远山近水的相互映照

连摇响塔铃的风
都不知跑向何处，唯有
古人题壁的诗句
仍在证明塔外曾经的风景

游人如流，面壁的瞬间

惊喜，和自己说话的古塔

原来已经抒情了千年

如今，在水泥森林中

仍孤傲地坚守

倾听江河

访一所百年学府

不是长江，却深邃万里
不是运河，却滔滔不息
深情灌溉过的心灵
成为一片片绿洲
硕果挂满所有季节
历史，以宏阔的空间
收藏她丰收的流域

我以双臂，深入她
丰沛的流量之中，岁月
在指间流满，战争与和平
风雪与阳光，磨难与幸福
都被她凝结成晶莹的
积淀，捧在手掌
殷红心血，闪闪烁烁

是她的一滴水

流失不掉青春扬帆的记忆

是她的一粒沙

怀揣珠贝般的梦想

无数哲人开掘的河流

澎湃与沉思的交响

一部百年经典

倾听江河

青春塑像

早已流行的彩色影像，有时
将人生表现得亦真亦幻
而你珍藏的那张黑白照片
像一块乌金与一朵雪花
让我眼眸摄下的真实
同时显现的颜色，黑白分明

你胸中燃烧至今的乌金
应是一座情感储量充足的富矿
托在手心，六瓣型的
晶莹花纹依然美丽
你以半个多世纪的执着
扼守象征那个年代的纯净雪线
使一朵雪花任地球升温还在绽放

在令人眼花缭乱的生活面前

139

这幅黑白照片，寂寞

却更像一座遥远的人物雕塑

其中有他，也有你

骨骼、血肉，还有情怀都很丰满

不擅表演的脸部真诚得感人

并且温暖，如你们

当年一起走过艰辛坎坷的青春

此刻拔地而起，矗立在

我仰望的精神高度

重新从少年开始

——1978年夏参加全国统一高考

那个盛夏，悬铃木枝叶茂密

洒在江城大街上的绿荫，让我奔向

考场时，有一种感觉来自春天

（其实，春雷的响声正在前方积蓄）

凤凰牌自行车虽长满锈斑

但我的加速，隐喻

这片大地生机突然萌动

没有送考人流期盼的目光

座位，属于一个陌生的男孩或女孩

仍散发灵动和机敏的气息。此刻

是一个大龄青年，通过答题的笔尖

重走少男少女的美丽时光

地理试卷上，名词解释：信风

在我心里写成：遥远的风终于有信

鼓满我搁浅迟发的人生船帆

历史试卷中那道题：按列出的年代

填写世界史和中国史上的大事

但试卷未给出一个年代——公元 1978 年

5 个月后，这道题目

像大江潮涌的思索，冰川融化的深邃

更像一道明丽的闪电划破沉寂

燃亮中国浴火重生的希望

从此，我与无数人紧随

青春少年般的共和国，迈向一场

改变一个古老民族命运的考试

第
三
辑

故乡与他乡

圌山观日出

被地平线弹射出的朝阳
瞬间，将嶙峋的山岩涂抹出
具有明暗、冷暖关系的油画色调
将聚集于山顶的观日者涂抹出
或狂喜或惊叹或虔诚的表情

藏在乡情深处的峰巅
258 米海拔高度的火成岩
一遇到我思念的灼热，它
即熔化、隆起，超越我
远行登攀的那些耸入云霄的大山
但此刻，它的高度却在下降
下降，直到抵达母亲的身高

这样，她从夜的灰烬里出现
身影即与我重合，那轮朝阳一定

是她的脸庞，红润得让我迟疑

（病魔早已窃尽她的热量）

但此刻只有母亲可以吻遍我的渴盼，

被光镀亮的草木、泉声和风

散发她在山麓辛劳一生的气息

赴杭州观赵无极先生画展

倾听江河

将太湖的碧、晴空的蓝

和稻浪无边的金黄

连同摇曳不尽的橘黄橙红

从眼眸里一一腾出

此刻，视觉空间

盛满他挥洒的彩色狂飙

将西湖三秋桂子、十里荷花的

馥郁、九溪烟林的清芬

从沁人心脾处倒空，全部

容纳他"每一张画里的呼吸"

200多幅油画、水墨、水彩、版画

呼吸着他的欢乐、悲悯、探求、思索

与流淌的光影、韵律

一起，在我身体内汪洋恣肆

将线装家谱上他与我

同一的根脉，将他写下籍贯

"江苏镇江"的笔迹

将洪溪畔祖宅"式好堂"的沧桑

暂时遮蔽。纯净的布上和纸上

唯剩，他将扬子江与塞纳河

相挽成笔端的神秘情结

他的倾诉，有形与无形

都"因为巴黎

才回到根深的本源"

你笔端携着千百人马归来
——观赵文元回乡画展

像是一个预兆，你参军离家时
乡野彩色的春风，一个劲
鼓满你远行的背影。数十年后
你转身归来，画笔上
竟携来千百人马，多彩多姿

马背上挽弓挥戈的花木兰、穆桂英
策马扬鞭的康巴汉子、哈萨克族少女
疆场上征战凯旋的铁血英雄
红土地映亮的健美女兵……
纷纷从纸上、绢上奔向我

你反复跋涉的丝绸之路、茶马古道
纵然遥迢，亦有起止
你从石雕、青铜、史籍中

——牵出的"八骏""九逸""十骥"……

纵然古老，亦有年代

而现在，你笔端流淌的线条和色彩

飘逸、清丽、典雅或酣畅、厚重、狂放

早已突破画卷的边界

向时间的辽远处踏响

故土的目光，似江河交汇的粼粼春水

湿润、深入你的笔墨

一定发现，在光与色的交融中

你蕴藏的一种纯粹

青树之根
——赠旅美乡贤赵耀渝教授

倾听江河

称为洪溪的古渡，连着大江
家谱上的祖宗，百年前
从这里化为孤帆远影
你来寻访故土，洪溪清澈似镜
未照见你少女时的韶华
鬓丝，已在秋色里染霜

乡音早改，江晚山深的意境里
唯有鹧鸪仍是游子的知音
萦绕，绿荫洒满祖墓的古柏
祠堂前的参天银杏
和故居旁梧桐繁茂的枝叶
让你听懂，年年未变
声声含情的婉转或急切

150

线装家谱缝紧几代人的

思乡梦，抵抗过时光如刀如锋

终于被你从血脉中捧出

恰巧，升上圈山顶的中秋月

在湛蓝夜空下，将你的乡愁

照得遍地银子般晶莹、纯粹

万里归舟，穿过自己八十载风涛

系舟时，你用另一个名字——

青树，散发你的生命气息

化为多少乡间孩子葱郁的未来

原来，你的根脉早已

在更为广袤的亲情深处

相连

附记：美国金门大学赵耀渝教授创立青树教育基金会
和"青树中国乡村图书馆服务中心"，为中国农村学
校建成数十个装备电脑系统的图书馆，给予数百名贫
困学子奖学金。2019 年中秋，年届八十的她第一次
回故乡镇江大港古镇寻根。

西蒙娜回乡

倾听江河

都说，人不能两次踏进同一条
河流，来自法兰西的西蒙娜
却同时畅游于两条水系中
父亲般的扬子江、母亲般的塞纳河
在她血管里流淌、交融成的乡愁
或舒缓潺湲，或汹涌万里

父亲，将故乡的名字，以吴侬软语
与江淮方言融合的语音，念叨成
乡音的浓度，抵御
咖啡、牛奶和香槟酒对乡愁的稀释

西蒙娜，任岁月如刀似锋
劫掠自己少女时的娇艳多姿
中年的优雅风韵，连暮年的
雍容仪态，也正在被劫掠

唯有父亲表达故乡之名的汉字

和口音，比颈项上镶嵌的宝石

熠熠闪耀的珍珠项链还金贵，复制

在自己的声带上，谁也不能劫掠

像地中海的风暴潮不能劫掠

红嘴海鸥留在云天的那声长唳

穿过沧海桑田的乡音，在江南故园

回响，音质被扑面的稻浪镀成

金子的光芒，被祠堂庭院那株

古丹桂沁润得馥郁醉人

西蒙娜忽然发现，父亲百年前

最初的心跳，藏在眼前满树

橙红色花瓣绽放的声音之中

附记：朱桂生系赴法国参加一战战地服务的华工，战
后与当地一位法国姑娘结婚，后投身二战反法西斯战
斗。其女儿西蒙娜遵父遗愿于 2010 年中秋回镇江东
乡儒里村寻根，乡亲折朱氏祠堂的桂花树枝相赠。

故乡灯和"茅以升星"

1987 年秋，茅以升回镇江，与乡亲们同在伯先公园
观国庆、中秋灯会。2006 年初，国家天文台获准宣
布，将 18550 号小行星命名为"茅以升星"。

圆月皎皎，与满园盛开的桂花
与荷池里莲蓬成熟的清芬
一起酿甘醇的乡情，良宵馥郁
恰好让他千里归来时沉醉

灯树、灯花、灯山、灯楼
双龙戏珠灯腾跃，百鸟朝凤灯歌吟
五谷灯报喜，母子灯情深……
他早已逝去的童年，被照得透明
父母容颜的温暖和沧桑
在情思中闪闪烁烁

在钱塘潮、长江浪上架桥的他

今夜，在流淌斑斓光影的乡音上

架一座心桥，夹点点热泪

将蓄积九十载的乡愁，浇筑为桥墩

矗立在炽热的血脉深处

连接一个游子与故乡的距离

那晚的灯彩，都已阑珊于夜色

连他的身影也融入浩瀚星空

一颗"茅以升星"，在倾斜的轨道上

旋转不息。我发现是一盏熟稔的灯

悬挂在苍穹，光束从遥远处

奔来，永恒亲吻故土

乡音塑造的凤先生 [1]

丹剧。乡音独有的韵味
具有运河两岸泥土的黏性
牛郎调、梅花调和
田间号子繁衍的旋律
为他铺一条归来的路

那些青春闪烁的女生
以行板淙淙流水的节奏
跟随他在当年的月光里抒发
"唯生无尽兮爱无涯
璀璨如花兮都如霞"

这一刻,唱腔像故乡的
稻海麦浪绽放,将他的生命

---

1 丹剧系中国地方戏曲稀有剧种。《凤先生》成功塑造了镇江丹阳籍的近现代著名画家、书法家和艺术教育家吕凤子的艺术形象。

表现得广袤而芳香

他笔下的高松，从我的视觉里
迅捷向上千丈，直抵云霄
而"四阿罗汉"经典的沉郁悲愤
变成春风拂面，回到人间

忽然，急板的速度
激荡他儒雅的内心
惊涛万里。戛然而止时
乡音的黏度，已让他
与观者的泪水无法分开

故乡，她最初的课本
——40 年前听于漪老师讲课

她早已走出江城，在重新
将老师诗意地赞美为
春蚕、红烛、园丁，或者
人类灵魂工程师的那个早春
绿皮列车载她归来
暖暖地穿过我的心境

像她的名字，漾动春水暖人的意蕴
她说自己是流过金山、焦山
大江怀抱里的一道涟漪
故土，是最初打开的课本
那扑面的淘沙大浪、千古风云
张开她的人生之帆

少女花季开在动荡、苦难中

芬芳气质里饱含：敌寇破城之前
音乐老师教唱《苏武牧羊》的
悲愤旋律，国文老师含泪
吟诵辛弃疾"何处望神州
满眼风光北固楼"的慷慨激昂

沧桑北固亭，溢满少年忧思
无数次登临，成为她
将社稷装入情怀的课堂
此刻她是老师，也是母亲
在故乡，与年轻的我们一起
倾听"不尽长江滚滚流"的
回声，从岁月深处传来

相识在一只银球的光泽上

——献给国家荣誉称号获得者张燮林

与你相识，只需一只银球的
纯白、简洁。它从你长胶直拍上
一次次矫健地起飞
神奇地旋转。为国出征
遥远的布拉格和卢布尔雅那
你"海底捞月"般的削球
和队员们近台快攻的暴风骤雨
在黑白电影纪录片里
如神来之笔，刻画我少年时
因为你和你们而自豪的表情

小小的银球，中国的银球呵
晶莹跃动的球魂，浓缩
国魂的深邃似大海、无限如苍穹
它，可以转动地球

也一直贴近我的心脏，触摸

它的弹性，其中有你挥撒不尽的深情

你率领国乒姑娘征战四方

她们一挥动球拍，总是春风万里

穿越季节和时区。她们站在

五星红旗下，欢笑或流泪的那一刻

我，与你一定同时沉醉于

祖国满天星斗的璀璨

读过你的乒乓青春，重读时

你的鬓发落满银球的颜色

与你高高举起世界冠军奖杯的

画面同样经典，是你

在故乡小学的乒乓球馆，俯身

向手握球拍的孩子们

倾洒一生聚焦银球的光泽

跨越海峡
——忆高山族台胞阿丽

少年的他，从故乡花莲
跨越海峡风涛而来，迎接他的是
遍地战火硝烟，和红旗穿过
烈焰的召唤，他无畏地持枪冲锋
在进军千里的一场场生死激战中
青春，被新中国的曙光呵
透视出为真理而斗争的壮丽

当国旗上五颗金星突然照亮天地
欢呼的人海中，他跳跃、歌唱
但只能以左臂和手掌，尽情
旋舞漫过心灵的春潮、云霞
像阿里山挺拔的红桧，被雷电
劈断向阳的翠枝，他的右臂
已与黎明前的残夜，同归于尽

从战场到大学校园，他挥动左臂
在浩渺的知识海洋里遨游、探寻
海峡似刀，曾切断遥遥的回家路
江城云台山，成了他思亲的望乡台
乡愁奔涌，化为山麓博物馆里
忠于职守的日日夜夜，徜徉
并护守古城文明的深邃与璀璨

身残，却飞翔一个月圆两岸的梦
将熟稔的故乡风情民俗，演绎为
江南大地上的"高山族丰收节"
秋夜澄明的稻花香中，身边的台胞
尽兴收获血浓于水的亲情
他渴盼，以一条臂膀携无数臂膀
搭一座跨越海峡的长桥

青石桥·思源亭
——赠绍龙

圈山西麓的古镇，洪溪通江
你少时无数回走过的青石桥
早被拆除，那浮现于碧波的
高大拱形，像半轮月亮的记忆
银灿灿，照你的思乡书

拱形顶端，承受岁月的沉重
按力学原理早已向两端扩散

一端沿着线装家谱溯流而上
你题名的"思源亭"，年年被
清明雨洗净烟尘，笔锋向
跋涉而来的游子们心头深入
汩汩涌出，乡愁如酿可饮

另一端，耕读家风鼓满的人生
以笔击水，一篇《圌山魂》
墨香血热，惊涛裂岸式的乡史
与古炮台旁几树野茶的清芬
一起任我在江风山雨中品味

先贤赵声，在血脉上游
百年前的剑胆诗心，我感觉
正倾听你的乡音

从梦溪畔至凤凰台
——赠古籍出版家姜小青

干涸已久的梦溪，趁着一个春天
在你身体内醒来，潺湲不息
溪畔百花堆上的那位先贤
与你昼夜"笔谈"，渐入高潮

"藏书辟蠹用芸。芸，香草也。"
从此，植满你的人生旅程
馥郁京口—泉城—金陵
在那幢名为"凤凰"的高楼内
你为浩瀚典籍中的古人
掸去经年的积尘，他们一起身
即被一个陌生且光亮的世间抱紧

"庆历中，有布衣毕昇，又为活板"
梦溪畔那个惊世发现

转瞬千年，已成旧物
激光照排印制的新版古籍
像凤凰重生，却无需浴火

列队飞翔的古老灿烂，若与
李白重逢，且看他如何改写
那句"凤去台空江自流"

他与大地的芬芳关系

——怀念民间文艺家康新民先生

在辽阔、多情的大地面前
他像一株植物，早年
即与大地建立深度的芬芳关系
时光之刃一再磨砺
却无法将他们一分为二

大地神一般，以深藏于沧桑的
智慧、想象、力量，护佑他
向着丰稔发力，甚至比护佑
水稻、棉花、玉米、果树的
成熟，更偏爱他在民间
一生从朝霞至落日的坚守

用草香、水韵、泥味、汗渍、血色
修饰的传说、歌谣、号子

将大地的美学注入他的笔

最记得，圌山之麓、渔家茅檐下
那只有故事的陶罐，盛满
年深日久的天落水，沉淀他最初
汲取的养分，仿佛神奇地变成
一泓山泉，赐予他喷涌不息的灵感

他的丰硕，无数次超越季节
大地在秋风中以翩翩的姿势
与他最后一吻，吻印如花绽放
铺满他不肯回首的采风路
成为大地与他的一种传说

东乡，铸剑为犁的故事

——一处吴国青铜兵器遗址被发现

称为东乡的故里，秋风阵阵
稻花香连绵万亩，惊醒
一个吴越称霸的古梦

揭开广袤金毯的一角，深处
那些炉壁、坩埚、陶范、泥芯
至今坚守着紫烟红火的色调
铜锡合金，或铜铅合金的汁液
在最后一次熔点冷却之后
陷入漆黑漫长的时间
突然，被饱满的阳光照耀
可会重新滔滔流淌？

"操吴戈兮被犀甲，
车错毂兮短兵接……"

锈蚀的戈、剑、刀、箭镞

正被无数的金色稻芒包围

征伐的青铜，似乎发出强烈的撞击声

连同西施的美人计，在时空

那端，与和平的稻浪及

农人的渴盼，遥相对峙

轰鸣而来，是大功率的

收割机、旋耕机、播种机

铸剑为犁，写毕四个字的成语

在东乡，用了 2500 个春秋

过化工园区

这里，曾是姑母新娘时的家
苦竹里：代代相传的村名注定她
以锄头、镰刀锋刃的银光
在田野洒满苦尽甘来的渴盼

眼前，化工园区高耸的蒸馏塔和烟囱
喷涌不息的白色气体，将苦竹里
与后改的地名：新竹村
以及苦竹逢春的传奇，轻松地
埋入流云之中，被埋入的
还有映衬姑母当初秀美的婆娑竹影

早已生活于都市的她
在病痛中坚守暮年，记忆
却似风雪中的清芬翠竹

172

一枝一叶，从遥远的时间里

舒展开来，向我透露

一个古老村落抹不去的命运

第三辑　故乡与他乡

青葱与耄耋

——赠柴复

临江的古镇，有你少时的母校
课堂上你悄悄写诗，在黑板报上
第一次发布羞涩但真挚的情感
痴迷于《说岳全传》《杨家将》
在圈山将麻雀视为仇敌捕捉

沧桑过后，山林间那些麻雀惊恐
乱飞的鸣叫，一直在你凝聚良知
与思索的笔端萦绕，深入在
一群汉字的结构和笔画中，挥之不去

此刻，我从校园那株银杏下想象
你还是那时的少年，曾经的
青葱，在记忆里抵御岁月的剥蚀
连那个最美女生的清纯容颜

174

至今未被你刻上一丝皱纹

通江洪溪上的石拱桥，连接

校门前的青石板小路，每周一

清晨，你从浪拍江岸的意境里

奔走十八里而来，瘦弱的身影恰好

被石拱桥举向高处，一回回与跃出

江涛的朝阳重叠，母校视角情深

将学子生命的光亮，照至耄耋

桥早已拆除，你积攒的足音像桨声

划过自己身体内的险滩、暗礁、漩涡

甚至暴风雨。我将你的一期期《诗友》

当作溯流而上的棹歌，犹如

倾听柳子厚的"欸乃一声山水绿"

流花路上，一个写诗的眼科专家
——忆全福

倾听
江河

他乡的花城，流花路
是一首诗的标题
拨开流淌的芳菲，面对
那些眼眸，是雾的阴郁
夜的迷茫，或风暴掠过草木
留下深浅不一的伤痕

如他推敲字词，营造意境
这些苦痛的眼睛
竟有了"诗眼"的质感，光
点点滴滴，从无数眸子
向他汇聚故乡那条春江般的
清澈无瑕，然后
从他波光粼粼的心底
向晴空一路驰骋

那夜，从梦境打开他寄赠的诗集

抖落南国星空一片

闪闪烁烁，其中

有多少是他的抒情之作？

"承启堂"的新娘
——故乡一位耄耋长辈

"礼耕堂""惠德堂""爱莲堂"……
古镇青砖黛瓦的深深庭院，堂号
是一个个古老家族传记的标题
她走进"承启堂"的那天，洪溪
沿岸，桃花绽放她的羞赧、甜美

如洪溪清澈，在没有胭脂与粉
掩饰的纯净家风里，透显明丽
桃花零落之后，清香满衣的是
油菜花、番瓜花、蚕豆花、扁豆花……

像培育、疼爱生命，关注花蕊和菜芽
黎明前照亮菜畦的一盏马灯
是她掏出人生那束最柔的光
搂紧一个个小儿女温饱的梦

她的生活，演绎不成爱恨情仇的

大剧，与丈夫最初相牵的同心结

红艳早已褪去，唯有那根

苦楝木扁担，守着夫妻曾经

肩荷风雨的日子，孤独地斜立在

老屋的角落，像一根杠杆

默默等待又一代人，寻找力的支点

泥土与诗

就像他的微信名：泥土
生长万物，也生长他的诗
他的脚印，如庄稼的根系
亲吻二十四节气，浅浅深深
都在耕耘中，踩响诗韵

与乡亲渴盼的春雨和瑞雪
绕村的河流与他逆水升帆撑篙的
身影。蟋蟀在老屋角落
夜夜歌吟而唤醒的故乡记忆
染满他青春的田野色彩，够他
奢侈地装帧一部诗集的情思

祖母当年油灯下摇转纺车的节奏
被他与村里通向高速公路的
花径，嫁接成梦的变幻曲

母亲、妻子任田间秋风吹白的发丝

在他的键盘上织成网状的意象

由蝴蝶般飞来的女儿

在田埂捕捉属于她的春天

诗句映出那年元宵节的光影

比村边银杏枝头的圆月纯净、美丽

甚至圣洁，是表嫂情切切地

贴近邻里一个遗孤小嘴的乳房

（那是贫瘠的岁月，她毅然

为自己嗷嗷待哺的婴儿断奶）

曾照亮一束花朵的命运，此刻

在诗行间，仍向我汩汩

流淌泥土饱含的芳香、温暖和爱

对牛唱歌的南乡犁田手

他不会对牛弹琴，却半生
手抚犁耙，对牛唱歌，那时
南乡田野上常回荡他的"耕田嘞嘞"
咿——啊——喔——
祖传的山歌，节拍上跃动的
那些虚词，像南乡的饱满阳光

闻歌的水牛，向他表达的欢快
心情，在犁铧上翻卷不息
黑沃的大地，成了他与耕牛
一起表演的舞台，放纵地
演绎春华秋实的生动剧情

当机耕手与大功力拖拉机
渐渐成为南乡田间的主角
他与那头水牛都老了

但经典的"耕田嘞嘞"依然深情
他常常站在田埂上，孤独地
唱给拔节、抽穗、灌浆的禾谷听

他怕长久不唱，儿孙的胸腔
不知哪天突然丢失
田野四季多彩、流香的节拍

青山与春潮 [1]

——读散文集《桑榆随笔》致李寿生

那时，你手中的枪支换成

经纬仪、三角架和标杆

栖霞山起伏，是你风雨五年的

骏马，驰骋于笔下诗行间

我咀嚼出其中篝火星光的清香

红枫燃亮的诗人气质

你留住我的笔触从滔滔江流

划出那两行诗意的波纹

像一个闪光的等号，犹如我们

曾经的年华，等于你的青山秀拔

或者等于我的春潮奔涌

---

1 《红梅》《四季园》分别为《常州日报》《常州晚报》的副刊。

栖霞山中勘探队走出的诗人
抒情，从凤翔峰下山鸣谷应
至都市万千心灵回声，龙城的
《红梅》《四季园》让你的笔
和电脑，比骏马更快的速度
载着编者的忠诚，跑遍数十载昼夜
播撒的芬芳，醉了知音

今天，你以自己比作桑榆
为你题写书名的老将军，沙场百战
换取的碧流青山，那一定等于
他的血火青春，而你曾是
他的战士，以又一部新著的
思索、文采、真情，却让我发现
桑榆，并不等于落日

思念红叶

与栖霞山的红叶红过

40 余次相反，我满头青丝

年年加深一层霜雪

那年，老栖霞山火车站

如富有沧桑感的长亭

在绿皮火车哐当哐当的节奏中

一群学子，以远道而至的仪式

举满山红叶，告别青春时代

千佛岩步道上的人流

早淹没了我登临的歌吟，曾照我

俊朗容貌的明镜湖，如今

可会平静得视我如陌生人？

但我额头皱纹最醒目的两行

如轨道，穿梭而过的是

高速列车般的时光，载着思念

驶向层峦叠嶂的秋色浪漫

履历里至今夹着栖霞山的炽热色彩

千枝万丫摇曳的通红表情

将与我一见如故

从朝霞到晚霞

郜志坚新著《那年那月那些事》，有一篇忆 1975 年在镇江地区一师（位于寿邱山）求学时，撰文评论由江苏人民出版社出版的儿歌集《朝霞满天地》。余系该书作者之一，其时与他尚未相识。

——题记

那年那月，你肩荷乡亲们
似土地凝重的期盼，从阡陌中
走来，古城三千年青铜般的身影
照见你被田野四季变换的色彩
晕染的青春，开始繁育
一种饱含文学芳香的穗粒

不过，那年那月常有风雨
寿邱山麓，夜夜挑灯挥写的冯梦龙
一支墨笔早已失踪，不过呵

校园里你寻寻觅觅的眼睛闪烁

从岁月深处捡起，古人

留在笔端的才思，向你透露

三更灯火五更鸡的秘密

就在那年那月，一片朝霞落在

你的窗前，从我胸中抽出的爱

丝丝缕缕的炽热，编织出

献给儿童的美丽画图、七彩希望

人生的相逢，竟如此巧妙

因为文学种子萌发的童真

让你我无需相识，却心有灵犀

那支笔，捡起就不肯放下

几十载时光，用锋芒或者以温柔

都夺不走你蘸满的眼泪、欢笑、沉思

蘸满的时代大潮和人间烟火

当晚霞象征你我的生命

回首那年那月那片朝霞，原来是

我们一生拥有的纯净和梦幻

从江南向南

他们从江南向南，不因为南国
山水如画和刘三姐歌声醉人
只为了唱山歌的人们，生活
像歌里的春江水，一浪高过一浪

一生，如葱茏的植物
或是一株桑苗，或是一棵稻秧
早已与大地签订蓬勃的契约
今天，躬身在千里之远的侗乡
根植一种情怀

柳江、融江、浔江流过心间
流成如扬子江的滔滔亲情
与侗家儿女一起疾步走过古老的
风雨桥，挥写"七彩农业"

190

第一次植下的果桑，桑葚熟了
诱人的色彩：紫黑、鲜红、乳白
与第一次盛开的黄菊，犹如将
桂北山区织成一幅绚丽的侗锦

"春江水暖鸭先知""稻花香里说丰年"
借来两位宋朝大诗人的佳句
与现代农业科技融合，奇妙地化为
鸭群劳作于水稻田间的生态诗

暮春的晨霜，给满头银发
又添几缕晶莹，被大片的红土壤
映衬为纯粹的暖色调

附记：中国农业科学院蚕业研究所研究员潘一乐和国
家稻鸭共作示范基地首席专家沈晓昆，年过七旬赴广
西三江侗族自治县扶贫攻坚。

致《金山》

任那座山门，对着东去的
大江敞开千古幽深
被时代开掘的激情
将方块字的纯粹和真挚
铺一条盘旋而上的花径
四十载，晴雨寒暑中的坚守
犹如佛国虔诚的僧人

仍记得，我一头青丝由它
挟着墨香的暖风吹拂
是那个年代时尚的姿势
如若有一幅旧照，一定是
它陪伴我攀援的青春印痕

一座品尝人生风景的高山
那些过往的篇目，被时间凝结

凸显包浆般的成熟美感

不过，与新年一起抵达的它

藏在封面后的静谧

却经不住我的目光轻轻抚摸

旋即变成一江春水，为我跌宕

这个寒风敲窗的冬夜

穿过稻海与煤海

故乡，稻田广袤

选择浓浓秋色，作为诞生时的襁褓

在金色的波涛上启航

早熟的色彩是你生命的旗帜

苦涩的岁月，酝酿甘甜

地下的乌金滚滚，曾在你

青春血脉汹涌时，让你笔下的

汉字，闪烁为一朵朵火焰

当昂贵炫目的玉石成为时尚

你执着守护着一块太阳石

十载，你将《金山》*1*

---

1 曾任《金山》文学月刊主编的唐金波，当过矿工。

一页页，铺成大地

深陷其中，是太阳石般的燃烧

还有，你自带的缕缕稻香

一枝生长成修竹的笔

——赠陈伟远先生

湖畔，竹海，山乡，少年手中
那枝笔的根，生长在岁月深处
最初吮吸太湖的浩渺
饱含生活万般苦难滋味
饱含，敌寇劫不走
野火烧不尽的千年诗韵

一个时代，催发这枝笔的新生
滋养繁衍的土壤上，春风拂过
喧响的，是你在诗苑词圃
拓荒、播种的思考与抒情
此刻，像竹梢上无数露珠
从晨光月色里滴落
晶莹的声韵，恰好润我肺腑

如今，你已在电脑键盘上弹奏诗思

那枝抒写人生的笔呢？

应早已长成修竹，我在

诗思起伏的竹径上与你相逢

发现，扑面的苍翠

与你的笔，在蓬勃的根系间相连

并且以山鸣谷应的方式歌吟

守护夕照 [1]

像是从一片荒原中生长出
芳草般的情节，细辨是一个
成熟女性散发的道德清芬

当初捧在手掌的夕照，像一面
光灿的镜子，她无法回避
唯有将自己的憔悴，当然
也有美丽，一起交给镜子

自带春温，抱紧那些被夜幕
笼罩的父亲母亲，添加
跋涉最后一段人生旅程的燃料

病痛、落寞、孤寂，像蒺藜

1　读尤恒《生命养护所：一座养老院的前世今生》，为刘彤女士的事迹而感动。

扎在千百个耄耋生命的深处
俯身十年，只为在他们身体内
栽种一颗氤氲花香的女儿心

有泪水，从她心间流出来
深入这片越来越浓的暮色
却是晶莹闪烁的星空

粘满乡愁的清明雨

——悼北京的一位亲人

江南的千里之外，您的生命
倏忽不见。心灵的海啸
不因为距离遥远而减弱
只是无法从您双眸的落日余辉里
获取最后一丝温暖

有谁，此刻为我
打开黑暗对您的无情屏蔽？
"面朝大海，春暖花开"
那位年轻诗人的诗句借我
同时借给我的
还有中国的大海、京华的春天

属于我自己的，唯有将大地
淋出痛感的清明雨

在古镇的空间粘满你的乡愁

在您倾心一生的
共和国船海工程面前，故乡
那条小河显得过于婉约
却在清明雨中
涨满你曾经的少年忧乐

送你，大海的浩瀚、春天的葱茏
还有母亲般的溪流，一直
在你身后潺潺有声

被泪水歌吟的王冠老师 [1]

倾听
江河

追思会上，透过泪水眺望你

遥远的形象，像一幅印象派画作

原本瘦削的面容，显现

发自你内心的光芒，向曾经的

学子投射久别的温暖

你在天堂令人牵挂，只不过你

早就从天堂般的家乡姑苏

走进圌山之麓的乡间。古庙

改成的中学课堂上，你让学生

懂得：美，才是生活的神

金陵随园的书香里，你曾是

1　王冠（1931—1997），苏州人，1957年毕业于南京师范学院美术系，先后任教于丹徒县大港中学、谏壁中学，为农村教育事业积劳成疾，奉献一生，逝世时年仅66岁。

陈之佛、傅抱石、秦宣夫他们的
弟子，却将改变农家子弟的命运
视为自己一生的传世作品

你沉醉的校园毗邻：稻麦的浪涛
芬芳的油菜花和灿烂的向日葵
你在描画繁茂植物的同时
为耕耘那些贫瘠的心田，挥尽
自己的春色，并且那么匆忙
就将生命的金秋倾囊而出
只剩一个师者的纯粹

此刻，所有的色彩
对比你的一无所有，都黯然无光
唯有被泪水放纵歌吟的你
灵魂，不会枯萎

你隐于月光后面

——读摄影画册《守望热当坝》怀念曾亭

恰逢中秋月明，你的身影
突然不见，只剩下高天
无限湛蓝中的一轮圆月

像你的镜头，与世间保持
冰清玉洁般的光影距离
我怀疑你有意隐于月光之后
食指，仍按住月轮的快门

不分季节，甚至披着日尔郎山的
风雪，一次次孤身千里
与高原的这古老村寨团圆
你守望数十载的热当坝，今晚
在澄澈天地里等待倏忽一瞬

月圆银辉盈溢，急着要曝光
你却与远方第一回失约
迟迟没有揿下快门

将你的镜头滋养出满满艺术美
热气蒸腾流淌藏地歌谣的白龙江
炊烟，狗吠，煮奶茶的女人
策马扬鞭的汉子，草原晚归的
牧童，和似乎已懂得人间
情感的万千牦牛、绵羊

仿佛，一起寻找月光后面的你
并且不让你，将已经深入
你魂灵光圈的热当坝，摄成
一幅因为思念而痛苦的阴影

新年

倾听江河

与气象学上的冷暖有关也无关
即使时钟的秒针，除夕夜
最后一秒，还在转动风雪，地球
下一秒，一个穿绿风衣的春姑娘
一定敞开晴朗万里的心情
以花的笑容，叩响无数心扉

与对诗的喜爱有关也无关
唐诗、宋词、新诗和歌谣里的
吉祥词句，像一群群鸟
扑腾腾从典籍中和民间飞来
以墨色的凝重，憩息在
家家户户的红春联上，执着地
面对主人和客人欢欣吟唱

与路程的远近有关也无关，归心

从飞机、高铁寻觅到箭的速度

但独居异乡，亦可从一杯热茶里

品出回乡思亲的千层波澜

年关，所有人构筑的情感高度

又被所有人怀揣的美好希望，穿越

与一只白兔重逢

你从岁末轻盈一跃

那道穿过山高水长的晶莹弧线

即拉开癸卯年的大门

你成了万物的主角，却视我为老友

将一双大眼中波动的朝霞和暖意

融化我眼眸的几缕寒云

不待我有丝毫徘徊，你又是迅疾一跃

拽紧我渴望的目光，向春天的辽阔处

不断延伸。你洁白的踪影

神奇地将我的视野

描绘为山青水绿、烂漫无边……

春风归来

——忆 1982 年镇江市报复刊

像走失多年的春风，在三月
辗转归来。刚刚抽出
绿枝的街树，陪我边读边走
那一刻惊喜，感觉滴落的露珠
将四开的黑白版面
洇染成春天的斑斓色彩

春之声，在柔软的纸张中回响
却比万千只鸟的鸣唱
更具有入木三分的穿透力
陶醉了江城。先知春江水暖
是那个早晨无数敏感的视觉

那些铅字，似蛰伏已久的草籽
急切拱开多年的尘土

向我萌发生活和思想的葱茏
我发现，缕缕墨香之中
春天的消息，无须形容词装饰
正从血汗和泪浸灌过的故土
伏脉千里

在副刊《百花洲》，竟然
与我被春风酿成的诗思
不期而遇，我由此确信苏醒的
是自己荒芜于冬季的笔触

第四辑

青春的艳阳

延安写意（二首）

访杨家岭"七大"会址

江南——塞北。车行千里
只为这一刻的静谧
静谧的空间，珍藏着延安 1945
山丹丹花开时的思索和憧憬

曾经，一件件粗纺衣衫勾勒的
身影，在这里以理想的�火
描绘未来的光明中国
激昂或凝思的脸部表情
成为感人的历史写意
用铁锤、镰刀塑造的形象
意志比血肉还要丰满

苍茫的陕北高原之中

热血生命肩起的路桥

铺向北方、南方的万壑千山

这片大地的子孙，从此

走出祖祖辈辈的屈辱和苦难

从抒情的角度仰望杨家岭

今天，一个民族放飞梦想

速度和高度前所未有

我发现，起点

仍在那山峰般坚韧的肩头

春夜，安塞有雪

杏子川，一个诗意的旅店

窗外，四月飞雪，与满坡

已经灿烂的杏花，交织

覆盖我在高原的梦

寒冷，骤然而至，让春天

猝不及防。那沸腾热血的

万千腰鼓，也被冻住了声音吗？

冷寂，原不属于安塞
想起在安塞石硖峪烧炭的
那个战士，他用生命燃成炭火
我相信，今夜仍在燃烧

安塞呵，那一窑木炭早就
成为比水电、火电、核电
更温暖无数人心的火种
与那面旗帜相映，代表
穿越世纪融冰化雪的力量

在这个飘雪的春夜中
相距久远的岁月，我与他
探究：热血与炭火相融为
一种特殊能源的奥秘

雨巷寻踪

中共江苏省委于 1927 年 6 月成立，省委书记陈延年。
旧址在上海山阴路 69 弄内，现为住家。

也是悠长、悠长的雨巷，雨烟
遮掩的红砖石库门小楼，哪一扇窗里
有一双眼睛？从 90 多年前凝望我
此刻为我领路，是刚刚邂逅的少年
他像发现秘密一样说：我知道你找谁

少年笃笃的脚步声，似乎证明那个
宁可站着死、绝不跪着生的年轻生命
至今仍像这春雨大地发育万物

推门，飘来一家人的欢声和午炊的
香味。我想说这座小楼曾经有光
是漆黑的夜里照耀我故乡的星辰

温婉的主妇轻轻回答：我知道你找谁

（我相信她已无数次这样回答）

然后便是沉默，沉默是最鲜活的解说

如同我默默穿过雨巷的花香、笑语

向深处的 1927 年走去，却躲避不了

那时的狰狞鬼魅、血雨腥风。当然

也必定与他铁锤、镰刀般的意志

和带着旗帜猎猎的身影相逢、拥抱

现在，他以一种沉浸的方式

存在于人间平凡却幸福的生活情景

与中国百年沧桑图的底色里

他那永存的一抹殷红，异曲同工

怀念与歌吟（组诗）

北固英烈：一部生命史诗

都说北固山，是千古风云里
歌吟的山，一泻万里的豪放风格
刻写在刀削斧劈般的峰岭
经典的诗，成为大江奔涌的回声

从后峰向前峰，在日月映照
纪念碑的光影中，壮歌无声
却震撼江天，北固英烈殉难处呵
千百个慷慨走向刑场的生命
红军军长、县委书记、交通员、战士
有孕在身的女共产党员……
他们，谁不是永恒的诗人？

茫茫长夜里，眼眸含着的晨曦

是明丽的诗，镣铐声声似铿锵诗韵
为理想献身的誓言，是赴汤蹈火的诗
留给亲人最后的家书，是柔情牵肠
但绝不向刽子手们低头的诗

我仰望的热血前锋，与岩石
嶙峋的前峰，融合为一座雕像
红枫遍山，相伴数十载
以血色的叶脉、弹性的枝条，证明
一部燃烧但不会枯朽的生命史诗

"北固英烈"殉难处

火山一次次喷发，凝固成
险峻的北固山，亿万年后
因为 300 多个年轻身躯
被子弹洞穿，重新炽烈喷涌
熔岩般的热血

镣铐，锁不住最后的呐喊
燃烧长夜的悲壮，让这座山再次

轰鸣隆起，标志着信仰的高度
危崖峭壁之上，我虔诚地
接受他们生命之火的炙烤

英雄就义处，有一种火成岩
是青春的骨骼化成，赤诚地
铺为胜利之路的基石，至今
以坚硬的岩性抵御风雨
和时间的切割、风化、溶蚀

红月亮·烈士墓

红色花岗岩墓碑，一块一块
接续，在芳草间铺地朝天
设计成一弯月牙状

英雄们的灵魂，就这样
在临江而立的峰峦上相互映照
融为月的静谧、深邃、纯净
并且，被血染成橙红

半轮红月亮呵，像他们提灯而行
涉水跋山，穿云破雾，为黎明
驱尽茫茫夜色的从容姿态
是他们，倾泻人生的所有
为无数人映照生活的春意葱茏

血色光影里，蓬勃着
桂花树般的生命和精神
芬芳，洒满云天、大地

万千谒陵者，以心的颜色
和弧度，与那半轮红月亮
赤忱贴近，直至一个梦
——圆满

读"北固壮歌"烈士诗文碑墙

没有作家、诗人的桂冠
唯有热血抒写的情思，他们
以战士的名义在笔端凝聚——
忧乐、沉吟、悲壮、慷慨

绽放于花岗岩的书香，以震撼的
力度飘溢，令我的诗中
那些用词藻装饰的俗念
在初夏的阳光下枯萎一地

翠竹、新松般的生命，在时间深处
植根、蓬勃，青春的文字被血火
熔铸为红色经典，以一种
与江山同样壮美的风格，传世

警世碑：凝固的时间

时间，与山麓的大江一起
日夜奔流，谁能将它凝固？

公元 1842 年，公元 1937 年
两个时间概念，曾那么明澈
如镜，照见古城的宁静、美丽
北固山巅几片云彩，江上
点点帆影，也在镜中飘动

瞬间，被侵略者的刺刀、枪弹

炮火和狰狞的面目击碎

轰隆的碎裂声，惊天动地

在古城的骨髓和血脉深处

沉淀、凝固，与悲怆的记忆

一道不可摧毁，并且无限

脚步和心跳，轻轻接近它

引发，直抵心灵的惊雷闪电

相见战地作家丘东平

虽说相距遥远，其实只隔着
1938 年 6 月那场历史的雨帘
又是梅雨季，今日茅山下
田野、果园、村舍，处处渲染
墨彩画卷，应是你梦中景物

轻轻撩起垂挂于山岭的雨帘一角
贴近岩壁裸露的血火记忆
我即与你相见。铁流东进江南
韦岗，被你当作峻峭的书案
伏击与伏案，是你
融战士与作家于一身的姿势

你将篇名《截击》的文章和锃亮的子弹
同时在一支驳壳枪里上膛
注定了构思、词汇、情节、修辞

都具有鸣镝进击的气势

在危崖相峙的隘口深处，你
呼啸着，和呼啸着的司令员
呼啸着的战士，与敌寇狭路相逢
弹火和枪刺的寒光，将敌酋的狰狞
与最后的疯狂刻画得淋漓尽致

以射日的韦岗为征途开篇
长篇小说《茅山下》，正从你笔下
峰回路转的情节，突然被敌寇
凶残斩断，半部血色遗作
燃烧纪念馆里的无数目光

你可是寻觅续写者？我却不敢应诺
因为，没有像你以生命的血泉
奔涌为人生故事的高潮
逃脱不了狗尾续貂的命运

青春的艳阳

音乐剧《九九艳阳天》（青春版）入选江苏省庆祝建党百年优秀剧目。

柳堡的风车还在诗意的河畔
旋转，流水、杨柳、云彩
和里下河暖人的风情，旋转
二妹子与四班长青春的艳阳

刻着柳堡印记的音符
是优选的种子，历经数九风雪
重新播撒在视觉和听觉中
顿时，蚕豆花的色彩和清香
弥漫了旋律，将辽阔的心灵空间
当作千里水乡，蓬勃绽放

情思，穿行于剧情的山重水复

和柳暗花明，只为抵达被

枪林弹雨塑造的那两颗心

并与两颗爱恋的心一起，在麦苗的

隐喻里繁茂、饱满，无边澎湃

只不过，我已难以辨别是成熟的

麦浪，还是青春燃红的江涛

丹阳·戴家花园

——访上海战役总前委旧址

自古由阳光命名的小城
终于被解放的暴风骤雨洗亮
公元 1949 年 5 月，戴家花园
一个春色和花香萦绕的襁褓
正在跃动上海新生的梦

小楼，电话、电报声里
夜夜无眠，邓小平、陈毅的
身影，被灯光映在作战地图上
像两把出鞘利剑，挥向
浦江之上的沉沉夜幕
黎明的绯红，从他们
眺望东方的眼眸里呼之欲出

"丹阳整训"：浴血奋战的将士

心头刻满接管上海的使命
与纪律。以炮火和枪声抒写
凯歌之后，从南京路至外滩
星月，默默为一部史书摄下
他们怀抱枪支露宿街头的形象

征衣，还裹着丹阳的缕缕清风
这是另一种进军的姿势
于大上海的无声处震撼

她，和最可爱的人 [1]

伤口的深度，沉淀上甘岭轰炸的

惨烈、长津湖冰雪的严酷

还有，金刚川被血浪浸染的日月

为英雄揭开绷带的瞬间，犹如

战争扑面而至，她猛然颤栗

青春血脉随之奔涌愤怒、崇敬

和一种纯粹的爱

在远离战场的祖国、江南

关于和平的生动细节，俯拾皆是

像病房窗外大运河上的桨声、船谣

两岸柳枝婀娜拂过的潺潺绿波

或是一场春雨之后，西门桥头

行人从卖花少女的花篮

1　镇江市第一人民医院为抗美援朝时期的康复医院，现已百岁的
邰秀坤是当年的护士。

纷纷捧出花朵时的欢笑

这些，与缕缕阳光一起透过纱窗
将她身着白衣推动换药车
轻轻走近病床的身影
勾勒出一个和平女神的美
英雄们的创伤，被植满
遍地春光、万物复苏的生机

她今天说，梦见远去的英雄
相约归来，在岁月宁静的流逝中
扼守她遥远且疼痛的记忆

母与子
——题微信朋友圈一幅照片

江南，罕见的寒冷后乍现暖意
丁酉年腊月二十八上午十时
一座城市烈士陵园的阳光
和山林间残雪消融的早春气息
都被一位母亲紧紧抱在胸前，连同
那束从自家田头折来的素心腊梅

躬身，默默向儿子倾诉，是唯一
团圆的形式。心上冰雪
比发上冰雪厚几许的母亲呵
此刻即使一声鸟鸣，捧紧的
阳光和腊梅跌为碎片的响声
对于她，都是三十年前的南疆
让她锥心刺骨的弹火呼啸

那部《高山下的花环》，是谢晋
三十年前催我泪流的经典
今天，《芳华》与冯小刚吸引了
无数目光。而现在最让我敬佩的
是这位来自乡间的母亲

她的形象就像那束腊梅
素朴得唯有精神的清芬，但她
无需调动摄制大剧的千军万马
仅凭自己躬身于儿子墓前
孤独的侧影，将生命凝铸
为一个问号，就令
我和所有朋友的灵魂
受到一次无言却深刻的追问

天山雪

王华：创出优异成绩、因公殉职的援疆干部。

唐诗中，八月即飞雪的西域

千年之后，又一个八月

悲怆的思绪、追怀的词句

和一朵朵绽放于泪水的

白纸花，在炎夏的炽热里

成了一场表达情感的大雪

纷纷扬扬，与丝路并行的

万里心路和互联网

瞬间，都变得晶莹闪烁

十万、百万朵泪花凝成的雪花

亲吻着你那颗留在

天山深处的心，这多像

你诗句里的描述：

"塞外的风是敏感的

冷暖是热烈的"

这是因为："我喜欢伊犁"

江南——塞外，镇江——伊犁

第 983 天，竟成为你援疆路上

最后一块里程碑。那双从家乡

即穿在脚下的黄皮鞋，初识

花城伊宁的泥土，就踩出故土般

深情的脚印。你走遍四师

十八个团场，一腔心血描绘

一幅幅项目蓝图，崛起为——

四师医院综合大楼、可克达拉高级中学

军垦路社区中心，还有你作"红娘"

从江南引来落户的电线电缆厂……

为伊犁河谷添一道时尚风景线

你俊朗的容貌，因此刻下边塞

劲风的印痕，那拉提的草原画卷

和果子沟的芬芳，都不能

让你驻足。你的诗句证明

疲惫的身影总是向前的姿势：

"天山宝藏在腹中闪光

望山跑死马的暗示也不能阻挡"
谁能相信？这双踏过长江、黄河
大漠孤烟、西陲风雪
为了美好使命奔走的黄皮鞋
倏然间，被所有的道路拒绝

就在那一刻，你手机里
设定的"妈妈"和"亲爱的"妻子
执着的呼唤，一遍遍震裂
你身边多少人感情的峰峦
你曾说，在异乡更想穿一双
妈妈亲手做的布鞋。你床头上
粘贴着《静夜思》，想象那轮
古老明月，从天山一直照到
万里之遥的妻儿窗前
而此后，仍在乡间母亲手上的
千针万线和妻子夜深时的缕缕
思念，只能一回回密密地
缝进心灵流血的伤口
40岁，人生正午的满满阳光呵
你却毫不吝啬，全部倾泻给

伊犁垦区的广袤大地，倾泻给
你结缘的"一家人"——各族姐妹弟兄

谁会相信？即将完成任务
踏上归程的你，给了家乡和亲人
一道归期而未有期的无题
连你刚上初中的儿子都说：
"我不想让同学知道爸爸不在了"
孩子呵，你爸爸的那颗心
还跳动在苍茫的天山之中
包括他写在西陲灯下的
一本本读书笔记中的思考
还有，他在诗歌中的抒情
在你朗朗晨读时，都会
亮晶晶地醒来，与你一起
致敬又一个蓬勃的早晨

像故乡的儿子盼你回家
塞外少女伊力米努尔盼你回音
她那双因想你而伤感的大眼睛
在网络上流淌真情

"王叔叔，您是爸爸一样的亲人
您的帮助让我完成高中学业，考上大学"
三年中，你和一起援疆的同志硬是
从牙缝里省出资金扶困助学
你请求家乡的企业家捐出十万元
似一粒粒希望的种子
在你的手指间，播入
多少伊力米努尔般的学子心怀

就像并肩援疆的同志等你
一起回家，干休所和社区的老人
等你又一次暖心的家访。你发起
医疗救助"阳光行动"，让饱受
严寒腿部患疾的病人，重新
站立在昭苏高原浩渺的苍穹下
你说：为新疆奉献一生的老军垦
就是我挚爱的父亲母亲呵

"伊犁的雨总是很温柔
轻轻地来了，又悄悄地走
不打招呼，让人平添了一份惆怅"

你的诗，却成了你远别的情景

你说过，我们一同援疆也要

一同回家，一个不能少

而现在你，像独自走进天山莽莽林海

代表一种忠诚和纯粹，象征

云杉和白桦彰显的坚毅与崇高

与无数西部边陲的亲人

相依相伴，并且坚守永远

第
五
辑

茅山情深

韦岗，那支响箭

因为那句"弯弓射日到江南"[1]
两山耸峙夹一谷的险关，在我眼里
像一张神圣、沉默的铁弓
仿佛仍在新四军战士手中

公元 1938.6.17，如时光之箭
带着与敌寇拼杀的枪声、呐喊
搭在历史深处的心弦，从山麓
上升至 126 级台阶之上
与纪念碑顶那支刺向云天的
古铜色步枪，构成
青山般的崇高与峥嵘

像守住他们的血脉偾张，守住

---

1 "弯弓射日到江南"句，引自陈毅诗篇《卫岗初战》。卫岗即韦岗。

这支时光之箭，不让它遗失于
山花、流泉的风景或甘美的生活中

倘若，先辈的烽火岁月
竟然被我渐渐忘却
韦岗首战的响箭呵
我相信，将射向我冷寂的记忆
让我在思考的疼痛深处
重新燃亮遥远的血色火光

望母山

苏南抗战胜利纪念碑坐落于茅山西侧的望母山巅

血色灵魂结集，将碑支撑得
接近天空。生命最后一霎
怒视敌寇的目光，被一座山
变得柔情而惆怅，像饱含
山花、草木芳香的阳光或月色
穿过云岚，眺望久别的母亲

这些目光，从山巅沿着乡愁的
小路洒下，落满绿野尽头的故乡
成为烽火征战再未归家的儿女
遥遥地贴近母亲心头的温暖

目光照亮的，如若不是
暮色中的袅袅炊烟，那一定

是象征母亲苍苍白发的

山溪、流泉、飞瀑，并且湿润地

照亮她浩浩江河般的大义风骨

献身的万千将士呵

隐于花岗岩碑身庄严、凌厉的

风格中。任深过年华的思母情

由这座大山年年蔓发

茅山的思念

山岚夹着雨丝和苍鹰盘旋的翅影
轻轻将巍峨的纪念碑擦净，心香
炽热处，亮了抗战岁月的血色
红了千峰万壑的杜鹃

松风竹海，揭示千百次战斗的秘密
密林中的新四军修械所，此刻
以庄严的静默收藏：步枪、机枪
手榴弹、掷弹筒的弹火呼啸声
和血光中枪刺的金属撞击声

野战医院重返前线的战士，身影
仿佛匆匆闪过，可会在岭上白云间
与隐居山中炼丹养生的古人相逢？
那本线装《茅山志》之后，一部
红色史书的深度，来自他们

以生命诠释战争与和平的大义

大茅峰下，纪念广场燃放的爆竹声
神奇地引发嘹亮的军号声
回荡山谷，尽管声学专家给出
科学的解释，我却宁愿一遍遍相信
无数英魂呵，新的进军，在人间

画展上的歌声

1981 年春，"新四军征途书画展"在北京故宫博物院展出，四五十位在京任职的新四军老战士集体观展后高唱："东进，东进，我们是铁的新四军……"

音质，如他们的生命
早已被铁血熔炼、淬火
夹着冲锋陷阵时嘶吼的沙哑
不过，仍是金属般响亮
在岁月的风雨中，抵御锈蚀

在墨彩深处回响——
铁流浩浩东进的雄阔
和千万里征战的壮烈

高耸入云的云岭、丕岭、韦岗
茅山、圌山、大别山、天目山……

246

是他们百战归来，身影层层
皴染的峥嵘。勾勒、描绘
青弋江、长江、太湖、洪泽湖的
线条和墨色，在歌声的旋律中
荡漾、奔涌，浇灌长青的人生

突然，天荒湖畔的交通员小红妈
仿佛走出画框，却欲言又止
她熟稔的音符，将画卷
留白处的大雪，触动得纷纷扬扬

她的血迹，照亮雪夜征途
让此刻的歌唱者，在春风
拂绿宫墙柳的地方
重回当年血红雪白的圣洁场景中

春夜读《新四军挺进纵队史》
——兼怀祖父

柔软的纸，挟着雷霆的
滚滚铁流，惊碎窗外的花香月色

江畔古镇，青石桥头的那面
"天陞东茶食店"幌子，成为
他呼应江南子弟兵的秘密战旗
他没有看过今天的谍战大剧
却真实演绎过更精彩的剧情
连同妻子、儿子、儿媳的生命
贴紧敌寇的枪口刀锋，起伏跌宕

"最后一尺布用来缝军装
最后一碗米用来做军粮……"
他如听到这首歌，会说自己
没有"最后"，枪弹、食品

煤油、手电筒、电池、洋烛
纸张、经费、情报……不断

不断的，还有他被拷打时的不屈
和那些献身者的血，殷红地
从岁月深处渗出。想牵动他的
布衣长衫，并问候他一声呵
每道皱褶都已坚硬，回声
像来自圌山火成岩壁的峥嵘

精于生意的祖父，最后
没有金银传家，与铁血熔炼的
队伍一起熔炼，唯剩铁的气节
积蓄在一部厚重的史书里
今夜，任我穿过光亮
炽热的血火，放纵地向他索取

伯父和他的抗战杂志《新芽》

年轻的伯父，你一定知道
将种子播入的地方，不是生长
玫瑰或者丁香的花园，等待它的
既无春雨也无阳光，古镇
狼犬的眼睛与日寇枪刺的寒光
交织成江南子夜无边的恐怖

苍老的太平桥畔
太平岁月在呻吟中流失
心，经不住圆月朗照
已随江山裂为血色碎片
枕河的祖屋阁楼，油灯
燃亮每一个词，让我至今
触摸到血管喷涌仇恨的灼热

七十多年前的血火岁月

谱写成恢宏的胜利史诗

早已走进历史深处的伯父

却坚守在这本叫《新芽》的

小册子里，在博物馆的展厅

默默向我，向所有熟稔和陌生的面孔

讲述斗争的秘密——正义的力量

即便是几片新芽萌发

终将战胜扑面的雷电风暴

储存血色记忆的采访本

这是岳母，一个记者留下的采访本
像她一样温婉的封面，沉默已久
轻轻翻开，纯蓝墨水书写的秀雅笔迹
溅起的雷霆之声，她
已听不见，却回荡河山

曾经，敌寇的刺刀，与少时的她
和搂紧她的母亲，仅仅
相距一扇柴扉。惊恐中的懵懂
被向茅山下澎湃而来的铁流唤醒

数十年后，渗透她情思的墨水
从她丰茂的中年，一行接续一行
像一脉蓝溪，在故乡的春绿里流向
时间深处，与新四军老战士的
记忆，在燃烧中汇合

韦岗、延陵、塘马、上下会

大茅峰、磨盘山、天荒湖……

进攻、凯旋，突围、牺牲

一次次征战，在她笔尖流丽或

颤栗，笔记本中那些漫漶的字词

隐藏着采访路上的雨滴

还是她自己的泪水？

灌溉民族命运的碧血

从她的笔端，一滴一滴

演绎为血色琥珀

清明泪

无名烈士：

弹火刚刚熄灭，我们因为冲锋
而流血的姿势，连同你为我们
在油灯下密密缝补的军衣，呈现
历史深处的悲壮色彩
没有纪念碑的岁月，温暖
如姐姐的你，和故乡般
萦绕的乡愁，让我们
在硝烟散尽的无边寒夜中
有了永生的梦境

常常这样想象，那个风雪夜
生死拼杀之后，我们
可有一丝余温？可有最后的心跳
和最后一滴血？如若有

除了茅屋灶火，姐姐你将
以瘦弱身影里血脉汹涌的
暖意，与父兄一道
不顾自己安危生死
为我们的青春化雪融冰

人生宁愿成为不折的刀刃
一次次淬出杀敌锋芒
当捷报映红江南大地
我们的鲜血正催红满山杜鹃
征途迢迢，故乡远去千里
姐姐呵，香草河畔的村庄从此
是我们扎下生命之根的
又一个血浓于水的家乡

凌秀英：

七十多年，你们距离我
这么近，就在村前那株香椿树下
年年岁岁清明雨中
枝叶青绿，散发缕缕芬馨

犹见你们依然蓬勃的身影
犹闻你们熟稔的年轻气息

亲如零距离，仿佛初进茅山的
那个雨夜，一支队伍在
家家屋檐下宿营的情景
拂晓，你们在窗口第一次
向我绽放笑脸，那是绽放
茅山深重苦难中的晨曦
多少次出征归来，村里
回旋着乡亲们与战士们的
欢笑声与歌声，连山林间
和原野上的云雀、黄鹂、子规
也融入这血与火历史的合唱

你们帮助修缮的茅屋
虽然变成宽敞的新楼，却无法
再像当年，常请你们回家
抖落征尘，喝碗大麦茶
山谷中的那座水坝，乡亲们仍叫
"新四军水坝"，你们筑坝的热汗

还在香草河中润遍万家田园
只是，你们默默地把自己
置身于丰年的稻花香之外

无名烈士：

早已失去母亲的我们，姐姐
你就是母亲。岁岁年年清明雨
是你洒落的泪水，汇成深情
如江河汩汩的滋养，我们对明天的
渴望因此永不枯萎。有一种
幸福的感觉，重新走向你
如今已经苍老的姐姐，我们
还是守护你和亲人，守护
新时代生活的忠诚战士
就像村头的这棵香椿树
被雷电劈过，依傍着你
至今，不论晴雨仍抽枝吐芽

凌秀英之孙：[1]

七十多年的思念，一场场
清明雨的粘贴，格外晶莹凝重
再漫长再锐利的时光，也无法
劫掠在心头传家的财富
五代人，与你们相约春色清明
香草河流淌，你们的情思
清澈有声，在子子孙孙心头回响
沿着两岸盛开的油菜花，此刻
父亲搀扶百岁的奶奶，我手牵
三岁的女儿，漫天清明雨中
又一遍亲吻你们灿烂的灵魂
并且，追寻又一代生命的方向

---

1 凌秀英为镇江市丹徒区人，70 多年来，每逢清明节，风雨无阻
地为两名新四军无名烈士扫墓。这个义举已由凌秀英一家五代人
传承下来。

茅山，幸福的葡萄

葡萄美酒夜光杯，

欲饮琵琶马上催。

　　　　——王翰《凉州词》

战马上的将军是诗人，驰骋的瞬间

凝固在大茅峰下的纪念碑前

诗韵，曾在月黑风高夜

出征的马蹄声里迸发瑰丽的火星

只不过，当年的茅山不生长葡萄

在身躯内燃烧征战豪情的

琥珀色汁液，包括那只夜光杯

都在古老的西域闪烁。唯有

青铜军号，吹沸抗战的热血

溢满五万茅山子弟慨然从军的青春

一颗颗葡萄，距离曾经的战争
已经遥远，正陶醉于
没有烽火硝烟熏染的阳光
和纯净温润的亚热带季风
安娴地着色、脱酸
在沉淀甜蜜、芳香的过程中
显示典雅与和平的气质

夏秋之间，无边的葡萄园色彩浪漫
将军和他的士兵，梦
一定枕在绿叶锯齿状的边缘上
这样，他们会醒着品尝
乡民们渐渐珠圆玉润的幸福

茅山之子

我愿穷尽一生努力，帮助农民富裕起来。

——赵亚夫

你早已是茅山的儿子，二十岁
带着麦芒、稻芒的光泽，果树的清芬
以根植的姿势，切入造山运动隆起的
砂岩褶皱和坡麓、山谷、岗地、村落
自幼失去母亲的你，以一座大山
深情拥抱自己，从青葱至耄耋

你躬身亲近大地，只为拔净
连绵起伏、日夜缠绕万千农家的穷困
除了怀揣农学经典，你还有梦想
像金色的波浪、馥郁的果香
翻卷、奔涌，或者飘溢、扩散
无限地覆盖这广袤的贫瘠

入党宣誓举起握拳的右手，你数十年
攥紧埋骨茅山的新四军七千将士以碧血
描绘的憧憬。风雨烈日下你跋涉的足音
与纪念碑前至今嘹亮回响的号角声
像深沉的对话，包含你的庄严承诺
山鸣谷应，是歌谣般的赞扬："要致富，找亚夫！"

田塍地头，向富裕进军的日子
自从被你用红草莓燃得如火如荼
贫困刺痛多年的那一颗颗心
像远近果园里的葡萄、蓝莓、砂梨、蜜桃
甜柿、无花果、大樱桃、碧根果……
竞相显出丰腴并甜美的气质

曾经的抗战堡垒村——戴庄，你带着
村民，将祖祖辈辈血汗相依的山坳
和稻种、禾苗，连同野坡、溪水
一起转身，构成有机农业生态圈
田、湖、山、林、花、草与鸡羊、鹭鸟
猕猴、獐子，甚至清香的空气、烟云

都被你写入一篇真实的"新桃花源记"
都市的游客纷至沓来，从早读到晚

从烽火岁月走远的队伍，倘若
梦中凯旋，面对箪食壶浆的乡亲
战士们最先认识的亲人，一定是你呵
因为在这蓬勃的绿野中，你的炽热和纯粹
最为醒目，仍如当年旗帜的鲜红

进村日记
——果树栽培专家糜林的遗物

梦，被缀满丰收季节的果实
晕染得绚丽多彩，笔触
却如白描，一笔笔
朴素地深入茅山丘陵的褶皱

"×月×日，杜家山培训梨、葡萄修剪"
"×月×日，姐妹桃园指导王巧娣剪枝"
"×月×日，白兔镇指导纪荣喜栽培高架草莓"
"×月×日，'丰之源'合作社推广果树智能
滴灌技术"……

日记，像精心修剪过的果树
简练得没有多余的枝叶
与妻子女儿灯下絮语的时间
肝部疼痛复查的日期，竟然

也被他忍痛剪去

深度吸收太阳的紫外线
以黝黑的脸部概括与
果农的距离。足底的老茧
像句号，最后一次粗粝地写下
将茅山的那个早春硌得生疼

那些鲜美的果实，裹紧
乡民的期待。他一定着急
再也不能品尝满山遍野的甜蜜
太阳和月亮光线的枝丫上
有一种成熟属于他
被时间咀嚼，忧伤与芬芳
同时回味无穷

茅山晨读[1]

峭拔的石壁，饱蘸晨曦和云岚
在窗外为这篇课文插图
只是画里缺那位隐居已久的古贤

他枕泉而眠，或云中漫步
任自己那封书简寄向远方
六十八个字，构造的绝妙情景
在千百年的驿路上，挣脱
多少风雪、山雨、野火的侵扰

疲倦或受伤的典雅文字，此刻
经山里孩子的朗读声
——抚摸，立显翠竹青林的葳蕤

---

1 南朝齐、梁·陶弘景《答谢中书书》入选教育部统编义务教育语文教科书八年级上册。

"山川之美，古来共谈"
回声，从"高峰入云"至
"清流见底"，渐渐放大
与那位古老学者的交谈
由浅入深

喜客泉

峡谷的绿风，吹不皱一池泉水
大山，隐匿在地质结构深处的
情愫，只需泉边一阵欢快的掌声
便一吐为快

泉水中的白云，擦拭我目光的疑虑
假如泉下真有山神
它喜欢倾听远客的笑语，并报以
泉池喧声如沸的共鸣
而人间的忧思，该如何向它表达？

泉水蓦地翻涌，我疑是山神与我说话
原来，身旁山雀子般跃动
是一群春游的孩子，他们
欢笑、鼓掌，无忧无虑的快乐
将我的沉默击碎为满池飞溅的珠玉

秦淮源

出山的泉流，距离金陵古城
不过百里，但任凭向深处
也打捞不出六朝金粉的香影
或者，秦淮八艳的悲欢

秦淮源，履历简洁
如未入过闹市的山间少女
素面朝天，无需从古至今
用桨声、灯影妆施寂寞
秋阳下满山斑斓，是它的
嫁衣，众鸟合奏
仿佛依依不舍的送别

"在山泉水清，出山泉水浊"
不顾古贤的劝告，从

危崖绝壁向山麓一跃

我的身影，瞬间沉浸于

她刚烈姿态的清澈

倾
听
江
河

宝华玉兰

云缠雾绕的宝华山为你命名
因为，你不像同为木兰科
那些芳名称作玉兰的姐妹
随着酥软的春风，纷纷
嫁到千里万里之外

你只倾心于一座大山
将冰川期的冷酷，当成一面
前世的镜子，但从不吐露苦寒
镜中绽放的爱美天性
从三百万年前至今不变

任山外有山，孤独的娇媚
令宝华山格外宠你，甘愿为你
献出山中的日月、泉流、绿风
献出年年三月，让你惊艳江南

附录

乡情炽热的闻捷

赵康琪

　　我在丹徒县大港中学上高中时，还在"文革"之中。炎夏的一天中午，在校园古银杏的浓荫下，我不经意听到两位歇凉的老师说悄悄话。大意是说闻捷已去世半年多了，从他们的神态和语气中透露出闻捷是非正常之死。我见他们对我并未回避，便脱口问道："闻捷是谁？"他们很惊讶："你不知道闻捷？著名诗人，就是丹徒人。"之后，大家都沉默了。

　　那时，"文革"前的文艺书籍大多被视为"毒草"，学校图书室也早已停止对学生借阅。班主任张老师兼管图书室，我一次有事找他，才发现他的宿舍一侧有门通向藏书室，想进去"望一望"，经他默许，踏入"禁区"，目光迅速从一排排书架上扫过去，突然见到两部长篇叙事诗《复仇的火焰》（第一部、第二部）和作者闻捷的名字，立即翻开来，令我一惊的是扉页上留有钢笔手迹，在"赠给大港中学"一行字下面是闻捷的签名和年月日，好像是 1962 年。这是闻捷从上海回家乡深入生活并参与县委工作期间，为港中师生讲诗歌创作时所赠，这当然是我后来知道的。在图书室里还未读几页，想到不要为难老师，便心犹未甘地退了出来。因此不能算作读他的作品，只能是一次特殊年代与他恢宏诗卷的偶然相遇。

真正开始读闻捷的诗，是到了粉碎"四人帮"之后，正是百业待兴、百废待举之时。记得那天我从大市口南侧的新华书店出来，手上提着首版《艾青诗选》《郭小川诗选》《何其芳诗稿》和"文革"后再版的茅盾的《夜读偶记》、秦牧的《艺海拾贝》以及短篇小说集《重放的鲜花》等，书后右侧底端盖有火炬图案和"购于镇江新华书店"字样的戳记，让人有一种穿过文学荒漠的希冀。因为已获悉闻捷平反昭雪，特别想看到他的作品，便拐进南侧的小观音桥巷，那里的丹徒县新华书店也是我常去的。这次一进门，玻璃柜台里的《闻捷诗选》顿时给我一个惊喜。从营业员手里接过书就迫不及待地站在店堂里看起来。他的这本抒情短诗集由人民文学出版社出版，封面书名是同为延安时期的战友石鲁题写。我凝视着书中闻捷照片许久，悲欣交集的情绪在心中涌动……

收入这本诗集中的《我的发言》，是闻捷 20 世纪 60 年代初在丹徒县第三次党代会上朗诵的诗篇。闻捷在会上当选为县委常委。作为早已蜚声文坛的诗人，又是抗战初期即入党、参加过解放大西北战斗的"老革命"，他的激动显然不仅是因为"常委"职务的本身，而正如他抒发的诗情："在跋涉过万水千山的游子心中，最偏爱的地方还是家乡……我将借用长江那磅礴的气势与歌喉，为家乡的胜利而放声歌唱。"未曾想到，这首诗朗诵的地方，恰恰在我当初工作单位的会堂，是一座位于大江之畔、北固山麓的民国建筑，县党代会假座于此召开。我走进这里时，闻捷已不在人世。我曾辗转联系当年在会场录下闻捷朗诵的县广播站的年轻记者，如今仍健朗的徐老。一生采录过无数人的声音，他终生难忘的还是闻捷的以诗发言，徐老感慨："因为他向家乡和乡亲们掏出的，不仅是一个诗人，更是一个赤子的如火真心！这座会堂早已撤除，但我感觉，他的深情朗诵依然在寥廓江天回响！"

　　也是多年前，镇江市文联举办迎接新世纪朗诵演唱会，作品全部取之于历代有关镇江的名篇。我与闻捷的女儿赵咏梅取得联系，咏梅从上海寄来闻捷写于故乡的长诗《长江万里》(系 20 世纪 80 年代由四川文艺出版社出版），供我们节选朗诵，并让我留下这本书纪念。"啊，长江！你这太阳的忠诚追求者，永不回头地一直向东流着……流过一万多里千回百折的长途，流过海拔三千公尺直下海平线的坎坷的河床，流过像执戈的武士那样遥遥相对的金山和焦山，流过古代的朱方，当代的丹徒；——长江啊，你可知你正缓缓地流过我的家乡？……"朗诵会上，千余人沉浸于他穿越时空、比生命永恒的江山之恋和故乡之恋中。

2017 年恰逢中国新诗迎来百年，春意浓浓中的江南小城太仓，诗人们在"江苏新诗发展研讨会"上回望江苏的百年诗坛。我说，闻捷虽然去世 40 多年了，但他扎根生活、讴歌人民的炽热情怀，依然感召着如今故乡的诗人。本土 30 多位作者走进 40 多位镇江的道德模范等先进人物的情感世界，抒写、赞美他们的美好心灵和阳刚风骨。42 首诗合为诗集的《灯火》的出版和相应的诗歌朗诵会，产生了春潮扑岸般的感人暖意。这是一次有意义的诗歌尝试，留下了新诗传承与创新的印痕。如若闻捷有知，一定感到欣慰，并真诚祝愿在故乡、在一个新的时代，有无数的诗心燃烧得更为炽热！

原载 2017 年第 12 期《金山》

雷抒雁的真诚诗心

赵康琪

1996年，解放军某集团军镇江干休所政委林正书因公殉职后，被誉为"军中孔繁森"。当年3月，镇江市文联和金山杂志社邀请著名诗人雷抒雁、程步涛前来搜集素材，创作抒写林正书的长诗。雷抒雁时任鲁迅文学院常务副院长，程步涛是解放军出版社政委。我当时在文联工作，负责安排这一活动。相处熟悉后，我拿出雷抒雁的两本诗集想请他签名，一本是1980年出版的收有那首曾轰动诗坛，震撼、感动无数心灵的《小草在歌唱》，另一本是1975年出版的《沙海军歌》。他第一眼看到后者时，不禁流露出惊讶的表情，"这是我最早的诗集，你还留着？"表示将两本诗集先放在他这里。

霏霏春雨中，采访活动排得很紧，动人肺腑的细节记得满满。那天还有点时间，想陪他们去游览金山，第一次到镇江的雷抒雁却提出要去郊外的栗子山，因为林正书的墓在那里。诗人与生前的林正书并不相识，但一定要到墓前向英雄致敬。"我以颤抖的手 / 抚摸你的墓碑 / 半是江南的灼热 / 半是北国的冰冷"，"是这样一个樵夫 / 不舍昼夜，砍柴 / 只为温暖别人的寒冬……"，之后不久读到他寄来的 100 多行的诗作《敬礼，对着你的墓碑》(这首诗和程步涛的诗《火焰》刊登于《金山》1996 年夏季号)，分明感到这些诗句是从他心里奔涌而出，饱含诗人对一位军人崇高洁净灵魂的深情。

返京前夜，雷抒雁主动说，今晚我们谈谈诗吧。他分析诗坛现状既怀有希望也不无忧虑，谈到诗人的创作态度时，颇为感慨："我们的作品是我们的心。诗人不去关心社会和百姓，百姓怎么会关心诗呢？再说也搞不清楚这些诗讲的什么"，"诗人应是很真诚的人，真诚的人不会掩饰。我一生什么都可以丢，但唯有真诚不会丢掉！"这时他把那两本诗集递到我手上，《小草在歌唱》扉页上的文字让我眼睛一亮："青春的正义感与一触即发的激情是诗人毕生都珍重和留恋的。——写给康琪同志的感受。雷抒雁1996 年 3 月 24 日于镇江"；写在《沙海军歌》扉页上的如一篇短文："康琪同志：这是我的第一本诗集，其中虽有鲜活的部队生活感受，但仍是幼稚之作；加之，时代的影响，重新翻开，令人赧颜。您如此珍惜地存留，使我十分感动，我将引您为诗的知音。"此刻我才明白他当时为何没有信手题写的原因，他早以大量优秀诗篇在全国产生广泛影响，对自己初期的作品，竟然如此认真、坦率，可见他为人为诗的情怀。雷抒雁虽逝世多年，但他的诗和他留给我的文字，至今仍让我感受到他那颗诗心的真诚、透明和温暖。

原载 2016 年第 8 期《金山》

走向大运河的德国诗人

赵康琪

1986 年金秋时节，应江苏省委宣传部之邀，外文局所属外文出版社的民主德国专家费里德曼·贝尔格，由该社德文部主任霍勇担任翻译，沿京杭大运河江苏段采访一个月，拟写一部反映古老大运河历史和现状的纪实性作品。我当时在镇江市委宣传部对外宣传科工作，他和霍勇在镇江的采访活动由我和有关同志陪同。

一

省委宣传部对外宣传处预先在南京召开了一个小型会议，研究讨论如何安排沿河各市的采访活动。时任省委宣传部副部长的王霞林在会上说，以外国人的视角观察和体验大运河及沿河地区的改革开放状况，对外国读者应更具有吸引力。他举例斯诺当年赴延安写出引发轰动效应的《西行漫记》，说明外国友人写中国的优秀作品所产生的影响。

按照行程安排，贝尔格于九月下旬抵江苏后从苏州沿运河一路向西，到南京后再转向扬州，并由扬州北行，从徐州返回北京。贝尔格是莱比锡基彭豪尔出版社总编，并任东德全国作协理事。他以抒情诗和政论闻名，创作的小说、杂文、游记文学等作品甚丰，对表现主义艺术也有相当的研究。对这样一位既不同于走马观花的外国旅游者，也不同于新闻记者的客人，我们有意识地将大运河的历史、人文和现代化建设等内容融合起来，有机穿插在采访日程中。

在常州，我见到了贝尔格，略显稀疏的金色鬈发和"马克思式"的大胡子让我一眼看不出他的实际年龄，但那双蓝眼睛闪动的光泽一下子就让人感觉到他的睿智和激情。我热情地称呼他"贝尔格先生"，"不！不要称我先生，你应该知道，我们是同志。"贝尔格刚才的微笑变成一脸的"认真"。在中国，"同志"的使用频率已越来越低，除非是特殊的时刻和严肃的场合。呈流行趋势的正是"先生""女士"这些消逝已久的称呼。想不到一个外国人竟然这样执着，真让我心头一热。

汽车由常州去镇江没有直接进入市区，而是先去新建的镇江港大港港区，乘港务局的快艇溯江而上。这是贝尔格平生第一次见到长江并航行在长江之上，镇江4天的采访以这种方式开始，让他兴奋不已。快艇驶向长江与大运河交汇处，只见茶色的江水与素练似的运河水渐渐融合，江上的舟、河中的帆，穿梭争流，江南运河连接长江的枢纽工程谏壁船闸近在眼前。"在欧洲，一提起中国的大运河，很多人就像着了魔似地激动……世界上很少有这样伟大的工程，1000多年来对于一个国家的政治、经济、文化一直起着巨大的作用。"贝尔格端起照相机兴奋地说。我知道，德国的基尔运河虽然沟通北海，是波罗的海的交通要道，但它毕竟是近百年前才开凿的，长度也不足100公里。在京杭大运河面前，无疑是小巫见大巫了。

二

大概因为彼此是"同志"关系，贝尔格很少拘泥于主宾之间的客套和矜持。面对焦山碑林六朝至清代的一方方碑刻时，他眉头紧锁，我以为他识些汉字，在真草隶篆中看出点中国历史兴衰的奥秘，未想到他是对我们的文物保护工作很有看法："这些碑刻最早的比德国历史上的法兰克王朝的年龄还大，太珍贵了，不用玻璃罩起来的后果是很可怕的……"直到时任市文化局分管文物工作的副局长刘昆告诉他，碑林保护方案已制定好并将付诸实施，他的目光才从碑林长廊里的黑白色调中移至庭园斑斓的秋叶间。

贝尔格看到金、焦二山正修复千年古刹，热情赞扬宗教政策确是落实到寺庙里了。登上金山楞伽台，只见波光山色、亭台楼阁都被夕照辉映得金灿灿的，充满了诗情画意，贝尔格风趣地对迎候他的慈舟法师说："这样美丽的地方，连我也想来当和尚了。"

贝尔格是莱比锡大学60年代的历史学博士，对大运河沿线深厚的文化底蕴和风俗民情产生了浓厚兴趣。在环境幽雅的中国农业科学院蚕业研究所，贝尔格与著名蚕学家吕鸿声所长倾心交谈。他说："丝绸是东德人民喜爱的珍贵物品，我一定要把这个著名的蚕桑研究中心介绍给他们，因为从古到今，丝绸之路都是一条友谊之路。"无论是在千年古渡遗址西津渡和梦溪园、多景楼等名胜古迹，还是在店铺林立、顾客盈门的大市口商业区，他流连忘返，边看边问边记。贝尔格以行家的眼光参观镇江博物馆"馆藏古代生活艺术文物陈列"，认为这种分专题的陈列，改变了常见的编年体的展陈方式，足以证明镇江文物资源丰富。他驻足于南朝陵墓石刻图片前，倾听馆长陆九皋讲述这一古代艺术瑰宝，表示今后如再来镇江一定要到实地观赏。

这位来自东欧的客人在镇江发现许多"吃"的方面的"新大陆"。在品尝了百年老店宴春酒楼的水晶肴蹄、蟹黄汤包后，贝尔格说："这是到中国后最值得回味的一餐早点。"吃焦山华严阁的素餐，他说："由此理解了江南的饮食和艺术之间的关系。"

在恒顺酱醋厂的会客室里，他听了关于镇江香醋有健身作用的介绍后，大为惊奇。贝尔格谈到欧洲迄今主要食用的是一种白醋，但这种白醋却不怎么受到富裕人家的喜爱。至于镇江香醋以及它奇妙的保健功效，欧洲的知晓者还不多。为祝愿大运河畔的这枝奇葩早日在欧洲广为飘香，热情奔放的贝尔格端起了放在茶几上的一小杯香醋，与厂长轻轻碰杯，一饮而尽。

三

东方文化的神韵、江南山水的风姿，似乎要让贝尔格沉醉，但他更关注的是大运河两岸正在兴起的改革浪潮，更关注人们现实的生存状态。

坐落于长江和大运河交汇处的谏壁发电厂是20世纪80年代全国最大的火电基地，总装机容量达162.5万千瓦。这原是50年代末东欧社会主义国家的援建项目，后国际风云骤变，援建国片面撕毁合同，撤走专家，并带走了发电机组的关键部件和图纸。对这段历史，厂长显然考虑到贝尔格的身份，只是作了轻描淡写式的介绍。但是我还是发觉贝尔格的尴尬，当年进口的那台2.5万千瓦的机组仍在运转着，它与10万千瓦、20万千瓦、30万千瓦"中国制造"机组排列在一起，委实是相形见绌，中国人民在当时及后来所经历的风风雨雨，贝尔格是无法感受的。贝尔格伫立在巨大的"中国制造"机组前，若有所思地倾听着机轮发出的轰鸣声……好一会儿才对我们说："对中国现代社会的某些问题，我有了理解。你们其实在开拓另外一条大运河呵！"时任镇江市长的高德正会见他时，他说："现在才理解中国江南之所以这样生机勃勃，是因为得到了江河长流的灵性……中国是发展中国家，我要写中国发展所不能离开的有用的人。"

贝尔格每天晚饭后回到房间，都将白天参观的内容再作回顾，对一些现场未记下的东西，再补写在采访本上。有天早晨，他对霍勇和我说，前一晚写到半夜，竟伏在写字台上睡了一会才醒来。

四

这位洋同志虽是多才多艺的名人，却没有一点派头。他采访用的圆珠笔是当时几毛钱一支最普通的那种，一只相机也是旧的。按照规定，贝尔格在下榻宾馆的用餐标准比我们陪同人员的要高，因此我们与他几乎都是分开就餐的。他希望与我们同坐一桌，说分开坐让他脱离了中国同志。

临行前的晚上，他一定坚持自己花钱买了瓶"洋河大曲"，招待我和市外办的青年译员刘玉录，还有当天陪同参观的市园林管理处副处长石炜，他特别强调："请驾驶员同志一起参加。"席间谈到一同来华也在外文局工作的妻子和在北京上幼儿园的儿子，脸上带着幸福的笑意。谈到远在故乡的亲人，他的语调变得沉重起来："最让我不安的是哥哥，因为他的信仰发生了变化，已经去当了牧师……"

分手的时候，我有点郑重地道了声："贝尔格同志，再见！"还紧握了下他的手。因为在平时交谈中，他知道我爱好写诗，说："小赵同志，别忘了写首诗给我，关于大运河的。"不过，未待我的诗寄赠他，他邮来一本他的抒情短诗集《简单的句子》。不久，从省委宣传部外宣处的工作简报中获悉，霍勇来信称贝尔格对这次沿大运河采访非常满意，回京之后，持续几天整理了笔记，已制定了写作计划，还考虑到这本书应是图文并茂的形式，内容兼顾知识性和趣味性。

贝尔格离开江苏两年后，也是金色的秋天，他的德文版著作《天上银河，地上运河》由我国外文出版社出版。这部书相当于中文33万字，第一次印刷8700册，主要面向德语国家。该书在法兰克福国际图书节上颇受欢迎。回国休假的贝尔格，在基彭豪尔出版社举行的读者座谈会上介绍了写作该书的经过，接受了东德各大新闻媒体的采访，并亲自到广播电台朗读书中部分章节。东德一次性订购的6000册很快销售一空，希望重印或再版。外文出版社考虑将该书译成英文出版对全世界发行。

1988年底，外文出版社在北京饭店举行招待会及新闻发布会，祝贺贝尔格撰写该书出版和发行成功，为一部书举行这样的活动，以前在外文出版社是少有的。

《天上银河，地上运河》不是一部普通的游记，贝尔格匠心独运，以生动、诗意的笔触，真实、形象地展现古老大运河的灿烂历史、深厚文化、经济发展、美丽风姿等，描绘了运河两岸人民的创造精神，从江苏改革开放近 10 年的成果反映出中国的快速发展。对面临的一些难题如何突破，书中亦有思考与展望。就连书中每个章节的标题都对读者散发着诱惑力，如："中国文化的格局""丝线的力量""宝塔——运河边的指头""天堂问题""纸上的世界（剪纸艺术）"等等。描写镇江的这一章的标题是"神奇的山峰"。为增强直观感，这部书配有 116 幅彩图，40 幅黑白图、示意图及地图。其中许多图片是贝尔格一路拍摄的，唯一有他自己形象的一幅是在谏壁发电厂的留影。

　　当苏联东欧的局势山雨欲来风满楼时，贝尔格的任期已到，该回国了。这时，我对贝尔格的命运真的担忧起来。那年冬天我从北京获得信息：两德统一后，贝尔格任职的出版社从国有性质迅速变成了私有。好在贝尔格因其自身的才华和人品仍赢得了员工的拥护，他拿出包括稿费在内的所有积蓄成为出版社最大的股东。贝尔格从无产阶级的"同志"几乎一夜之间变成资本主义社会的出版商，大概是他始料未及的。后来，出版社房产原产权拥有者找上门来索要房产，并且到法院打起官司……此后，有关方面告诉我已与贝尔格失去了联系。

10多年时光流逝，我早调离原来的单位，意想不到与贝尔格因为大运河久别重逢。那是2001年春和景明时，贝尔格应江苏省新闻办公室的邀请，从德国来到中国，仍以大运河为轴线，用一个外国重访者的视角再写一本书，反映江苏新的发展、变化。他在南京大学一位德语老师的陪同下，抵达镇江采访的当天晚上，市新闻办公室主任陈春鸣约我与他餐叙。我写的诗《走向大运河——给贝尔格》和散文《贝尔格同志》先后刊登在《雨花》杂志上，多年来因不知他的地址无法寄出，终于有机会当面交给他，只不过一见面打招呼时，我将当年的"贝尔格同志"改称为"贝尔格先生"了。

原载2020年第3期《钟山风雨》

赛珍珠国际学术研讨会动人一幕引各方好评

笪伟　裴诗语

"登云山，其实距离云空很远／像云，是一个缥缈的身影／那年，从满山青翠间最后飘远……"这是我市著名诗人赵康琪创作的《访镇江赛珍珠故居》中的诗句。江苏大学文学院将这首诗演绎为在实景中以中英文朗诵的视频。6月26日下午，江苏大学举办的赛珍珠国际学术研讨会开幕之前，会场大屏播放了这一视频，瞬间吸引了场内和线上的众多嘉宾、学者和本校师生的关注，引发了热议。

"诗意荡漾回环，师生演绎很出色，表达了情景交融、文化互融的愿景。"这是联合国语言部中文组前组长、华美协进社人文学会共同主席何勇观后的感受。上海国际战略研究会会长杨洁勉发言时，提到要充分运用赛珍珠的文化资源，积极增进中美人民之间的友好关系，特别表扬了这一视频内容和形式很好，展现了赛珍珠故居的风貌和她对中国故乡的深情，极富有吸引力。复旦大学中文系副主任段怀清教授为研究赛珍珠多次来过镇江，他说："在日渐繁华起来的城市里，这里依然保有着一种别样的安宁、静谧。远、近之间，依稀有一种依依不舍的情愫氤氲其中。看完视频，这种感觉更为明显和强烈。镜头里的那些年轻的面容，应该就是赛珍珠当年所期待的未来人吧，他们不一定是王龙、阿兰梦里的后人，但一定是王源、梅琳的同路人。"

复旦大学附属中山医院原院长、医学家、画家杨秉辉教授当年在镇江二中读高中，这也是赛珍珠的母校和曾任教的地方。他为研讨会首发的《永恒的赛珍珠》一书封面，特意创作了表现二中校园的钢笔风景画。他称赞视频情景交融，认为研究并正确评价赛珍珠应该是一件很有意义的事，镇江文化界责无旁贷。苏州大学国学院院长王鍾陵教授早年在镇江读书和工作，他说，《访镇江赛珍珠故居》这首诗结合镇江风土，将思念的情绪抒发得十分浓郁，视频制作得也很精美，中心是故居，但也有外景，音乐舒缓，令人油然而生一份睹物怀人的思绪。镇江赛珍珠研究者裴伟用一首诗表达了观后感："文化交流，时代使命。珍珠辉光，人桥坦径。铿然一曲，山鸣谷应。"

安徽宿州也是赛珍珠在中国的居住地，宿州学院张雁凌教授认为视频"中英文结合，用现代方式演绎赛珍珠的镇江情，让赛珍珠魂归故里，这也是向世界讲好镇江故事、讲好中国故事的有益尝试"。宿州学院的鄢化志教授则以诗一般的语言给予好评："画意诗情，文心韵律，并臻于怡神佳境！"扬州市职业大学原党委副书记、研究员丁瑢说，视频所呈现的赛珍珠的浓郁乡愁很有感染力，最后的诗句"琴弦，断了近百年／我却感觉回声优雅、深情／刚刚戛然而止"，将他带进了赛珍珠的中国情结。

江苏大学文学院的部分师生参与了这首诗的实景演绎，体验了穿越时空与赛珍珠进行对话。王磊同学说，"研讨会开幕式的暖场视频，在我心灵中架起了与赛珍珠的一座桥梁。登云山上的松柏、故居里的一件件旧物，这些特殊的记忆符号，仿佛让我穿越回赛珍珠生活的年代，见证了这位伟大作家在镇江的童年生活"。

新西兰华文作家杨帆出生于镇江，他说，观看视频，感到意境很美，虽写赛珍珠，却能引起许多去国怀乡游子的共鸣！他也想念家乡的景物和麦芽糖、芝麻糕。王建华博士早年在南京大学求学，现在在美国进行科研工作，他同时热心于华人社团和南大校友会的公益活动。他前几年回国到母校参观了赛珍珠纪念馆，又参观了镇江的赛珍珠故居和纪念馆。这次看了视频，触景生情，表示要努力传承这位老乡前辈沟通东西方文明的"人桥"精神，发挥社团的力量，积极促进中美民间友好往来。

原载 2022 年 6 月 28 日《京江晚报》

图书在版编目(CIP)数据

倾听江河 / 赵康琪著. -- 上海 ： 上海三联书店，
2025．1. -- ISBN 978-7-5426-8740-1

Ⅰ．I227

中国国家版本馆 CIP 数据核字第 20247ZF707 号

倾听江河

著　　者 / 赵康琪

责任编辑 / 殷亚平
装帧设计 / 徐　徐
监　　制 / 姚　军
责任校对 / 王凌霄

出版发行 / 上海三联书店
　　　　　(200041)中国上海市静安区威海路 755 号 30 楼
邮　　箱 / sdxsanlian@sina.com
联系电话 / 编辑部：021 - 22895517
　　　　　发行部：021 - 22895559
印　　刷 / 上海展强印刷有限公司

版　　次 / 2025 年 1 月第 1 版
印　　次 / 2025 年 1 月第 1 次印刷
开　　本 / 889mm×1194mm　1/32
字　　数 / 150 千字
印　　张 / 9.75
书　　号 / ISBN 978 - 7 - 5426 - 8740 - 1/I・1917
定　　价 / 88.00 元

敬启读者，如发现本书有印装质量问题,请与印刷厂联系 021 - 66366565